TRADUÇÃO André Aires

O aniversário de Juan Ángel

Mario Benedetti

a raúl sendic

Esta sexta-feira intacta se abre
em um quarto às cegas

este vinte e seis de agosto
às sete e cinquenta
eu osvaldo puente começo por ser um menino
de medo inteiriço e olhos cerrados
e sobretudo de pés frios
que sonha ladeira abaixo com dois tucanos
dois tucanos formosos e balançando-se
desses que só vêm nos almanaques

seguirei algumas horas sendo menino

antes de tudo uma estrita composição de lugar
nem todas as manhãs se completam oito
      agostos
e agora virá a mãe ou seja mamãe
com seu sorriso quieto
seus delgados braços cor de flamingo ›

para dizer
para voar
para romper o champanhe
sobre o barco do ano

seguirei algumas horas

porém os postigos estão fechados
o dia lá fora se limita a linhas perfeitas
    verticais luminosas
pequenas concessões que faz a sombra
    pouco menos que vencida
a escuridão que já não pode mais
a pobre

quer dizer então que a esta altura tenho
    os olhos outra vez receptivos
que o medo compacto começa a desfiar-se
que os tucanos ficaram lá em cima
e eu estou aqui embaixo com os pés frios

bom dia diz a mãe ou seja mamãe
com seu sorriso quieto
sua cor de flamingo
e além do mais coisa nova com as pernas muito
    juntas
e o longo cabelo que se dobra nos ombros

cuidado que estou acordando
eu compatriota de oito anos
começo a me foder desde a infância
a me consolar como
se viver merecesse consolo

sei que estou cheio de parentes
de primos segundos
pais equidistantes
guarda-roupas gigantes e faqueiros e cômodas
cadeiras com avós
patinetes
irmãzinha
etecetera

tenho a cabeça bem fresca
não está mal porém sobretudo não está bem
devo me acostumar de uma vez por todas ao
    vazio
e assim mesmo à desbordante plenitude

cuidado mundo gente coisas cuidadinho
que estou acordando
os formosos tucanos se balançam ainda
porém em seu iminente desequilíbrio já não me
    olham com seu olho lateral e admonitório

eu compatriota de oito anos
trago uma série completa de intenções
que inclui as celestiais e as avessas
um estojo de intenções que ainda não
    abri
porque entendam-me apenas tenho oito anos
e isso significa confeitos de menta
bolinhas de gude emaranhadas
guloseimas variadas de doce de leite
e professoras de guarda-pó branco
pelas quais estou condenado a me apaixonar
apenas para não desfreudar o freud

um baú de propósitos que ainda desconheço
porém que estão certamente em mim como a
    pupila o baço a bexiga
justamente estou acordando e tenho tanta
    vontade de urinar
como em qualquer dia que não seja meu
    aniversário

olá digo
com a voz de ontem corrigida pelo mofo de hoje
parabéns pra você diz mamãe flamingo
colocando no sorriso toda sua elegância que
    não é muita
por que será que o carinho se rodeia de
    fosforescências inúteis
no entanto há que se admitir que estes beijos
    me fazem justiça
ternos e descontínuos beijos com gosto de
    tangerina
de certo modo me sinto como um precoce
    profissional da sina
aproveita osvaldo que o rancor se aproxima
    como uma onda
a tristeza como uma nuvem de bochechas negras
a hipocrisia como uma campana venenosa
a solidão como a solidão
e basta

haverá paredes em abundância para golpear meu
    incipiente cenho
barro em quantidade suficiente para enterrar meus
    pés
sagrada podridão para inalar meu
    desmaio ›

amplo mundo para chorar que caralho
mas enquanto isso profissionalizo minha felicidade
sou o dono do santo
o latifundiário dos parabéns
tenho oito anos e um discreto flamingo a meu
    lado

levanta diz e eu enclausuro a sonolência como
    uma arca cujas dobradiças choram
o colchão também se queixa amargamente
os postigos por fim se abrem
o sol penetra e lambe com urgência as paredes

de minha parte canto ditongos
olhe não são canções nem árias nem melopeias
tão só modestíssimos ditongos
com essa voz estrangulada que sempre tenho
    antes do café com leite e as torradas

creio que hoje vou amar as pessoas as
    coisas
não só o flamingo e o papai coruja
e o avô leão e a irmãzinha mijona
mas também os tetos os canteiros
e o azulejo quebrado e a escova de dentes
e até o sabão senhores

certeza que hoje não vou tremer
ainda que saiba que o tremor tem seu encanto
sobretudo quando eu tirito sob o sol
e meus úmidos estremecimentos
fazem com que as gotinhas de suor resvalem
desde o escuro losango de meu umbigo até a
    areia pálida e quente ›

na escuridão sim qualquer um treme
mas eu não estou para reflexões batidas

papai coruja me entende melhor que os outros
ele sabe que minhas desculpas em rigor são
    catástrofes
que em minhas viagens ao redor do travesseiro
cafonas excitantes e breves como todas as viagens
também partir sempre é morrer um pouco
que debaixo de minhas lágrimas há um chão
    pedregoso
e debaixo da pedra uma marmita[1] de pranto
puta como fará para saber
quando eu nem sequer suspeito

aí estão os adultos como um muro
ferozes e ternos
e incomensuravelmente fajutos
a candura deles se desprende era
uma bonita carapaça a prazo fixo
o coração deles se reduz era
um granizo a prova de fáceis alarmes
as metalúrgicas unhas do egoísmo inoxidável
    crescem
crescem e são virtualmente eternas
arranham picam matam
não quero que me esvaziem os olhos
que me partam o lábio
que me cortem higienicamente o prepúcio

quero crescer com todas as minhas desordens meus
    freios meus frênulos ›

---
1   **MARMITA:** mais conhecida como "marmita de gigante", é o nome dado a uma depressão cilíndrica e alongada no leito dos rios.

passar da infância ao estupor com bem-vindos
        e naturais sobressaltos
tenho oito anos disponíveis e adequados para
        provocar os reumáticos
os famosos maduros exatamente cinco
        segundos antes que apodreçam
os despejados pessimistas que chegam de
        todas as províncias da fruição
os mordedores que perderam seus dentes
as empreendedoras turistas do grande
        arquipélago da menopausa
        setentrional

tenho oito anos e ossos e presságios
quem sabe em que baía de frustração
        terminarei
não obstante agora brinco sem modéstia sem
        pretensões de economia
como um alegre que ainda não encontrou
        seu sócio porém rastreia buscando-o
        inventando-o
atentem-se se serei despreconceituoso
que não tenho inconveniente em abrir os braços
em usar as bandeiras como toalhas
em chamar o próximo por suas alcunhas
ainda não me chegam notícias da decisiva
        posteridade
em outras palavras
vejo os abutres lá longe e não dou a
        mínima

enquanto isso saio lentamente do pijama
o flamingo se foi com volumosas promessas
        e sólidas chantagens ›

por fim me deixou a sós com meu aniversário
a ducha lava todas as minhas perguntas e poros
ainda não tenho pelo no único vértice que
           importa
continuo limpo e criatura

à frente angústias desjejuns presentes
           espirros
tenho que armazenar
eu compatriota
osvaldo puente de oito agostos
toda a realidade
seu violento milagre

irmãzinha que gostosa sua bochecha maçã
que longe da ruína

às nove e vinte papai coruja me diz
onze anos que bom és um homem que
           bom
e os que bom têm um aspecto e até o
           cheiro diria-se
de um militante diagnóstico ante o espelho
ou talvez não
não devo pensar agudas maldades aos onze
           anos
aos onze se supõe que alguém seja
           relativamente inocente
e não um anão filho da puta

este pedaço da infância é aproximadamente
           uma caverna
estreita divertida bobamente monstruosa ›

por sua luminosa abertura se vê passar o
        mundo
chover o mundo
germinar
madurar
apodrecer o mundo

eu osvaldo puente o contemplo
eu compatriota de onze agostos
com os olhos abertos como os de um
        deslumbrado
ou os de um sapo místico e antigo
que despertasse em seu próprio pântano e não
        recordasse de seu fundo lodoso

me instalo curioso e excitado
e na boca da caverna que dá para o mundo
passam nuvens moderadamente tóxicas
e um pouco mais abaixo
soldados e paralíticos e gatos

papai coruja conhece todo esse trânsito de via
        dupla
ao menos vem dali e por isso arqueja
também sabe que não quero sair de minha cova
aqui os advertidos se darão uma cotovelada
ou ficarão hemiplégicos pelo descontrolado
        impulso de sua piscadela
ou moverão silenciosamente os conspirados
        lábios
imaginem cova ou útero hurra
úteroalerta úteroaleluia
sorrirão com astúcia útero incontível
ao fim útero útero têm a chave hurraaaaaa

estávamos em que não quero sair de minha
    caverna
sim-bo-li-ca-men-te é claro
porque em rigor assisto à aula cotidiana
com exceção de hoje que é meu aniversário
assisto e brinco
aprendo o aprendível
por favor um e a mais
apreendo o apreensível
ataco caio insulto rio tusso sou atacado às
    vezes me levanto
sinto uma estranha cócega em meu cólon
    transverso e na alma
cada vez que meu antebraço toca por azar o
    antebraço de inés olmos
e creio que na alma de inesinha e no seu cólon
    transverso
também se dá uma estranha cócega
porém podem ser gases
então brinco furiosamente a carniça a
    bolita a queda de braço
esmago narizes com demolidoras punhadas
    que ignorava possuir
e ponho compensatoriamente meu nariz à
    disposição da demolidora punhada
    fraterna
e sangro e engulo e sangro
e o mundo começa a enfumaçar
porém quando a fumaça se vai estendo as mãos
quando a fumaça se vai me estendem as mãos
o ódio é uma rajada
irrompe a cento e vinte mágoas por segundo
porém se vai veloz
se vai
que sorte

papai coruja sabe
porém sabe assim mesmo que depois não é assim
que outros ódios se instalam para sempre
como um tumor infecto
como um cisto maligno
por exemplo o coruja odeia cautelosamente o
    flamingo
com temor de dizê-lo a si mesmo
porém o odeia com acumulada e vergonhosa
    firmeza
quiçá sem haver se perguntado o porquê
nem o para-quê nem o desde quando nem o
    até-onde
odeia o flamingo
a odeia
pelo que imprudentemente esperou dela
e ela solicitada ela autêntica ela medíocre
    se negou a cumprir
a odeia porque descendeu de seu futuro
    facilmente previsível
intoxicada de preguiça de docíssima inibição
e sobretudo a odeia porque ela não se
    arrepende
e mais ainda porque ele não encontra razões
    para que ela se arrependa

por sua parte o flamingo odeia o coruja
e isto é o insólito o odeia
crendo sinceramente que o ama
o odeia desde seu ventre desde seu bocejo
pelo que imprudentemente esperou dele
e ele teimoso ele fraco ele órfão ele austero se
    negou a cumprir ›

o odeia porque na cama
o odeia porque ele compreende
e ela sombriamente desejaria que ele jamais
    compreendesse
e sim a usasse como objeto como peçonha como
    brecha até o fundo de si mesmo
menos mal que é cedo para perdoar

as cadeiras com avós vêm antigas e de
    respaldo altíssimo
avô leão é puritano como um caroço
se eu palito os dentes é pecado mortal
imaginem se cometesse o imperdoável
    delito de cuspir

avó hiena contudo de sua poltrona que uma
    vez foi de gestante
mostra um sorriso heterodoxo com o qual não
    suborna ninguém
sua vida é tão planejada como uma olímpiada
    alemã
sua memória é tão fiel como a de um carrasco
    medieval
seu hálito é tão azedo como o de uma boca de
    tormenta
sua maledicência é mais ágil que uma tesoura
    eletrônica

o leão ruge vem vem e me conta
e eu vou e lhe conto ou seja lhe invento
ontem cheguei tarde porque tive uma cãibra
além do mais chovia torrencialmente em mercedes
    mas não em colônia ›

um padre ia em triciclo pela avenida espanha
o professor de história me perguntou caldeus
a de geografia bateu na inesinha com um chicote
aquisição recente na larousse
chicote
chibata de touro seca e retorcida que se usa às
    vezes como látego
e enrolou no seu pescoço e quase a enforca
e me fez tanta impressão que vomitei sobre
    o departamento de cerro largo capital
    melo[2]
enquanto a professora gritava concierge porteiro bedel
    o que seja
tirem-me da vista este asqueroso
e eu era o asqueroso acredita vozinho

a esta altura decido não desenterrar mais
    embustes
completo onze anos e é uma ocasião estupenda
para iniciar um plano quinquenal de veracidade
    organizada

então miro o leão que tem a boca aberta
    porém já não ruge
não acredite vozinho tudo o que eu disse é conversa
    fiada
e em seguida me sinto puro e anjo até a
    apófise coracóide
a verdade é saudável higiênica e tediosa
e assim como certas chuvas porfiadas cala
    alguém até os ossos

---

2 **MELO:** é a capital de Cerro Largo, departamento do Uruguai que faz fronteira com o Brasil, localizado na região leste do país.

ah menino danado diz o leão mas sua juba
    está como chovida

depois de tudo a infância pode ser uma
    excelente temporada
claro que agora só tenho uma impressão
    muito vaga de semelhante privilégio
certamente só o apreciarei dentro de trinta
    ou trinta e cinco anos
certa noite em que emerja de uma bebedeira
    adulta e tartamuda
ou minha terceira mulher arranhe minha bochecha barbuda ao
    mesmo tempo em que descubro que por fim me
    botou chifres
ou um chefe convulsionado de pânico mercantil
    me vocifere está despedido imbecil
    desapareça ipsofacto de meu raio visual
ou a cegonha me traga um guri mongólico
    envolto em celofane
ou o doutor me diga tem sorte amigo não é
    diabetes mas úlcera no duodeno
porém por agora tudo isso é ressaca lixinho
    escombros que coleta o futuro em seu
    amplo seio de sadismo
aos onze anos posso me dar ao luxo de
    ignorá-lo como um rei ou melhor como um
    molusco

portanto brinquemos com dignidade
vem irmãzinha por que me parecerás sempre tão
    simpática
já tens oito anos como o tempo passa
toda uma mulherzinha um croqui de mulher ›

pensar que às sete e cinquenta tu ainda te
        mijavas
e agora já fazes os deveres com brutal
        displicência e um desdém natural pela
        pobre educadora que te deixará
        sobressaída com um drapê verde

verdade que não reconsideraste sobre nosso
        destino
verdade que não
fazes bem tens tempo de sobra
nem examinaste saudosamente a vantagem de
        haver nascido em plena classe média ou seja
        em plena areia movediça
mole
tudo é mole
olha só
mórbido mimado
corres pelo jardim como um autômato da
        inocência
nunca olhas o céu
eu também não
e sabes por que não olhamos
porque embaixo está lindo cômodo divertido
e o coruja e o flamingo nos amam
o leão e a hiena também

hoje por exemplo é meu aniversário
o coruja me deu um relógio com esfera
        luminosa
o flamingo uma caixa de bússolas
tu o almanaque que pintaste com os
        crayons que te dei no natal ›

o leão um cofrinho que graças a deus vem
   pesadinho
a hiena um tricô tecido por ela mesma entre
   massacre e massacre

que mais posso pedir
que mais podemos

mambrú[3] foi para a guerra
e você e eu ficamos esperando
mambrú foi quem sabe para que galáxia
e você e eu ficamos fazendo contas
você com a tabuada do nove
eu com a regra de três
mambrú foi com sua turva ternura
mambrú-deus faça-se a sua vontade
que dor que dor que pena
o pão nosso de cada dia
virá para a páscoa
ou para o natal

é verdade irmãzinha se foram todos
só sobram tua bochecha maçã e minha mão
   acariciando-te
obrigado mesmo pelo almanaque
ali anotarei os cataclismos e os jubileus que
   virão
por exemplo a perda de minha virgindade
e também meu casamento e não são sinônimos
anotarei as mortes e os nascimentos e os ›

---

3   **MAMBRÚ:** cantiga infantil inspirada na canção francesa "Malbrough s'en va-t-en guerre", tão popular que se espraiou por diversas nações. Por exemplo, a toada foi lembrada pelo músico alemão Ludwig van Beethoven na sua peça "Wellingtons Sieg oder die Schlacht bei Vittoria".

    abortos e as agonias que irão acontecendo
       no território familiar e também nas
       potências vizinhas
e a jornada culmina em que me julgarei
       invencível
e a outra em que caminharei tremendo pelo
       ensaboado parapeito do desconsolo
e a ocasião em que olharei firmemente para a
       morte em suas tenebrosas órbitas
       através de um vidro opaco como o que
       se usa para os eclipses
e a noite em que fixarei o olhar desenterrador
       em qualquer miserável lembrança
e o meio-dia em que entrarei como um louco
       vociferando alegrias no mar fraterno e
       contagioso
e a bendita sesta em que encarniçadamente
       amarei
e o entardecer em que me sentirei perdido ante
       o sossego feroz do horizonte
e a temível madrugada em que a esperança
       por fim se converta em coágulo
e o instante em que descubra primeiro e
       depois invente umas maçãs no rosto de
       moça que ainda não sei como são mas
       que estou certo que existem em meu rápido
       azar
e o deslumbrante segundo em que acaso mate
       alguém com um punhal ou com o esquecimento
melhor com o esquecimento que não traz cela nem
       má digestão

não irmãzinha
não estou me celebrando
simplesmente tenho onze anos e teu almanaque
    é uma robusta tentação para deixar
    enredada constância do proibido
    maravilhoso e do permitido nefasto
teu almanaque é quase um caleidoscópio
mas também é quase um talismã
teu almanaque é uma adivinhação
mas também um longo trilho

estou pronto no ponto de largada
à espera do disparo ou do alarido ou do
    pigarro ou de qualquer outro sinal
inquieto como um potrinho a quem amolam as
    mutucas
porém não te preocupes
cada qual
cada qual
que atenda a seu jogo
você à tabuada do nove
eu à regra de três
e o que não o atenda
e o que não o atenda
vai se tornar um mambrú
e vai para a guerra

mas enquanto não vamos cabe a mim
que já sei o alfabeto e as capitais da europa e
    o teorema de pitágoras e a planejada
    retenção dos trocos maternos
cabe a mim lhe digo emperiquitar a vida
    guarnecê-la ›

saber que entorno é quem
que intramuros é qual
em que escala desafino
com que azar me complico

hoje completo onze anos mas ontem
quando apenas tinha dez e trezentos e sessenta
    e quatro dias
o incrível andrés brito à minha direita na escola
um tímido a quem normalmente reduzo
    a cinzas com um gesto mínimo
concentrou de pronto todas as suas baterias em
    umas perguntas ácidas
sobre coito e proletariado e placentas e
    estorqueopovo
e eu era o poder
o braço executor
e eu que era o poder fiquei tremendo
incapaz de roê-lo como sempre até a
    vergonha
de pronto ele teve consciência de sua vantagem
    inesperada
e atropelando-me disse greve testículos
    bombardetempo aborto
como modo de embotelhar-me no novo léxico
de encurralar-me junto a um monstruoso segredo
a mim ex-poderoso ex-prepotente ex-mandão
minuciosamente vencido pelo radiante
    sacrário

de modo que o triste não perdoa
haverá que tomar nota

e ainda que sejam agora as dez da manhã
não estou desperto mas insone o que não é o
mesmo
pego um dos compassos que o flamingo me
presenteou
e em cada circulozinho penso sêmen penso ovário
penso feto

então o flamingo tem isso
então estive aconchegado ali
então o coruja

o triste não perdoa
está vingado

a solução é ir para o terraço
com os poucos amigos verdadeiramente fiéis
me refiro como é óbvio a meu sandokan a meu
david copperfield a meu porthos a meu
buffalo bill a meu tarzan a meu pequeno
escrevente florentino
primeiros habitantes de um clube muito exclusivo
onde por sua vez ingressarão as
memórias de uma princesa russa e o
inevitável leopold bloom
mas por agora o tempo é de capa e espada e
cimitarra e cipós e tomahawks e pobres
meninos
a meio caminho entre a coragem e a crista
lacrimal

porém hoje deixo os livros em seu azulejo
aos onze anos radiantes há que se olhar os
outros terraços ›

os terraços dizem sempre a verdade
não como as sacadas e os corredores
que mentem e se enfeitam para ninguém
os terraços dizem trastes velhos cuspideiras
oxidadas caçarolas sem asas
colocam irreparáveis cuecas ao vento
põem a cantar galos depenados e sem
pedigree
promovem sem pudor gatos vadios que fazem
amor sarna com sarna

os terraços e os telhados são guaritas de
filósofos
por algo estão mais perto do céu que as
sacadas fajutas e grades
eu no terraço posso fazer perguntas que não
formulo a ninguém
tampouco aqui obtenho resposta e no entanto
fico satisfeito de me haver tirado esse peso
de cima
alegre de haver dito em voz alta meus silêncios
mais inexpugnáveis

hoje em homenagem a mim mesmo não faço nada
simplesmente contemplo minhas mãos para ver se
descubro em que preciso instante crescem
as unhas
respiro lentamente ao sol
arranco a casquinha de meu machucado no
joelho
encho a pobre greta com saliva condensada
troco solidários olhares com a galinha
choca que pertence à avó ›

tiro mentiras piedosas de meu anelar e de meu
    mindinho
e uma vez que meus frágeis dedos ficam
    provisoriamente verazes
os enfio alternados em meu nariz

bárbaro isto sim que é boa vida

mas não há bem que dure onze anos
osvaaaaaaaaldo ri a hiena rainha
e lá embaixo seu riso é chamado peremptório
não há mais remédio que voltar ao mundo de um
    vintém
aos vikings de living
aos almirantes de telefone
às valquírias de crochet

entre risos e burlas desço
tia ângela chegou com sua alegria remota
minhas primas aurora eloísa teresa com seu
    olhares de enjoada
com suas botinhas de brilhante pomada
com seus carnudos dedos de para elisa[4]
com seus polpudos lábios de tu me queres branca[5]
me olham de cimabaixo
me beijam de orelha a orelha
me invejam o santo e sobretudo me invejam
    a senha
me matariam com a mão
se não temessem ir em penitência

---

[4] Para Elisa ("Für Elise"): título de uma das composições para piano mais celebradas de Ludwig van Beethoven.
[5] "Tú me quieres blanca": título de um dos poemas mais famosos da poeta argentina Alfonsina Storni.

no relógio de cifras amarelas
são agora quinze para as onze
hora ideal para a fuga
minha prima eloísa está de verde
minha prima teresa está de marrom
minha prima aurora está de aurora
minha tia ângela está grávida
lá fora o eucalipto move seu sono dócil
porém no pátio minhas primas são como barrotes
tão duros verticais inflexíveis
com seus três cangotes e suas três garupas
tão iguaizinhas que me dá pena

esta região desconfiada é nada menos que a
    rua
com curiosos utensílios de aspecto humano
e sobretudo meninas de olhos castanhos e ancas
    candorosas
até então tímidas em sua ginástica de vai e vem
à espera de que futuros lúbricos as
    lubrifiquem

tinha que sair
tinha que respirar minha gasolina diária
encher meus pulmões de ar puro e fuligem
por algo sou um adolescente que ainda se faz
    esperanças
por algo meus quinze anos chegaram de pronto como
    como um filho pródigo

tinha que sair
com os bolsos cheios de cantadas inéditas
por exemplo os pelinhos de sua nuca desde já me
    fazem cosquinhas ›

por exemplo fiftyfifty você põe a virgindade e
   eu o espírito santo
por exemplo como o equilibrista que avança
   pelo arame e não pode olhar para
   baixo e de pronto sente uma cãibra e
   então deve escolher entre a calma
   necessária para conservar o equilíbrio e a
   explicável urgência para enfrentar outras
   obrigações bom assim te quero
por exemplo tenho que me apresentar tchê lobinha
   guria eu sou rômulo remo
por exemplo se teu sorriso corre a Monalisa
   chega placé

ou seja tinha que sair
com os bolsos cheios de lugares comuns
tangos em estado de merecer
por exemplo um alarido misterioso[6] me
   encurrala o coração
por exemplo pensei em não te ver e tremi
por exemplo fostes papusa do lodo
por exemplo sinto angústias em meu peito
por exemplo alma otária que há em mim
por exemplo o amor escondido em um portão
por exemplo seu lento caracol de sonho
por exemplo não há luz em meus olhos
por exemplo passeio minha tristeza
por exemplo queria beijar suas mãos
por exemplo já vou e me resigno[7]

---

6   **UM ALARIDO MISTERIOSO:** verso de "Como abrazao a un rencor", famoso tango de Carlos Gardel.

7   Os dez trechos que se iniciam com "por exemplo" trazem versos dos tangos "Malevaje", "Flor de fango", "La cumparsita", "Trés esperanzas", "Barrio de Tango", "La última curda", "Acuaforte", "Yo también como tú", "Sólo se quiere una vez" e "Adiós, muchachos", cantados por Carlos Gardel, Aníbal Troilo, Roberto Goyeneche, Gerardo Matos Rodriguez e Enrique Santos Discépolo.

porém aos quinze anos os tangos soam como
    longínquos bombardeios
como rajadas que ferem sempre os outros
como foles que avivam a fogueira do vizinho
nunca como o contrabando de nossa doce
    infâmia
como a pústula de ternura que nos afeta
    até a raiz do cabelo
como nossa vergonha à intempérie

a meus quinze anos das onze e cinco
os tangos não se apoiam em meus ossos
mas na grande claraboia do mundo
e isso
está alto
e sobretudo longe

o céu chove com todos os seus bandoneones[8]
porém até que a grande claraboia não se abra
seu aguaceiro de mormaço não empapará meu
    rosto
não tomará o aspecto de minhas lágrimas

isto é polpa de tango e o resto verdurinha
em vista do qual decido ir até o velho
    baldomero
a sua lojinha de polida miséria

baldomero é um fantasma sapateiro
tão magro que o vento lhe assovia nas
    mandíbulas
a seu lado tem um balde rigorosamente
    enferrujado
de onde extrai cravinhos que morde e saboreia

---

8 BANDONEONES: principal instrumento na orquestra de tango, semelhante a um acordeão.

baldomero é por si só uma façanha
alguém que esperou em vão goya ou modigliani

sabia que virias disse me olhando por
   sobre a meia sola pregada e o taco de
   cola
sabia porque és normalmente egocêntrico
tens teu auto culto à personalidade
completas quinze e queres de algum modo
   calibrar o eco de tão gloriosa celebração
porém a mim não me incomoda
ao contrário me entusiasma te ver tão cândido
   em teu orgulho sem reserva
tão cheio de sinais e de auspícios
de vastos presságios quer dizer de fatigas

menino não sei na realidade o que te dizer
quinze anos é uma idade linda para não morrer
claro não me refiro a essa pouca morte que
   reclama pêsames e pancadas
mas também quero dizer que é uma idade linda
   para não morrer de rotina de ordem
   incurável e infecciosa
para não morrer de certificados
de desculpas
de prudências
de teríamos que

e no entanto não sei o que te dizer
não creias que me calo só porque aperto estes
   cravinhos com os lábios
na realidade não sei o que te dizer porque nenhuma
   lição serve ›

hoje tens um olhar doce e esplendoroso
e amanhã ou depois não te reconhecerás de tão
    amargo
hoje olhas as mocinhas da chuva
as mocinhas do sol
e tua primeira taquicardia de homenagem te deixa
    fraco com as sobrancelhas em alto e uma nostalgia
    que começa nos rins

tua sorte e tua desgraça
é que podes começar a comparar
digamos o contrabando de emoções que
    aparece algumas tardes no olhar
    negro de teu velho
ou na perplexidade com que tua mãe até hoje
    move as mãos sem anéis
ou o comovedor sortilégio com que tua irmã
    abranda teus duríssimos repousos
ou o feriado que teu avô toma quando
    pendura o escafandro no guarda-roupa
ou a rompante solidão de tua avó quando
    molha o pão nosso em vinho tinto
ou a solitária ira com que o primeiro amigo te
    engana honestamente

com quê
compará-los com quê

acaso com a miséria molenga que uma vez
    viste da janelinha do 126
com o descalço inverno dos guris que te
    examinam com truculência como se fosses
    o apolo doze ou a aurora boreal ›

com os primos da servente que se
    masturbam frente ao televisor
com o tio estudante que em horas de dissecação
    põe um cigarrinho nos lábios cinzentos
    do morto
como o milico cheio de metais e escudos e
    retórica e botinas que entretanto se
    derruba frente à pedrada

compará-los com quê
com as florações e os empecilhos
e os segredos e os raptos e as indigências
    exemplares
com o mormaço e o espanto que infectam
    diariamente as notícias
com a aprendizagem da crueldade
com os testemunhos da aprendizagem
eh compará-los com quê

é horrível o horror
porém que certo

enquanto termino esta meia sola
vai esvaziando teus bolsos
de boletos e pétalas e contrassenhas
de diamantes de vidro
de teus ouros de lata

convence-te rapaz
que se acabou a única folga que nos outorgam
esvazia de uma vez os bolsos
esvazia-os desses salmos a ninguém
dessas mentiras a cores

chegou a hora da desmemória
a hora de fazer a decisiva careta frente
    o espelho quebrado
já sei
até agora a infância anda remoendo por teus
    brônquios tuas gengivas teu pâncreas teus
    joelhos
não se decide a te abandonar assim sem mais
tu mesmo sentes que tua estatura te parece
    grande como um capote da guerra de
    catorze
quando ninguém te vê te aferras ao lego e ao
    ioiô como se os desditados brinquedos
    pudessem te salvar
este presente brusco te tomou evidentemente de
    surpresa
não estavas preparado para o mal hálito nem
    para tua primeira ereção nem para o
    epilético que viste derrubar-se
no entanto isso é bom
quer dizer necessário

olha os sapateiros como eu não temos tempo
    de pensar entre taco e taco
o importante é que advirtas que o mundo é
    fodida mas remediavelmente injusto
o importante é não rezar livrai-nos de todo mal
ninguém se livra

pelo menos ninguém se livra matriculando-se em
    humanidades
nem tomando diuréticos nas segundas
nem se mudando para o cemitério ›

35

nem aprendendo alquimia por correspondência
nem abrindo em sonhos as dóceis pernas da
   miss universo
nem escrevendo uma ode sobre kennedy ou outros
   cabras igualmente simpáticos
nem regando os cardos com ternura
nem se agradando com os psicodélicos
nem se vacinando contra a pólio
nem fornicando num sábado de glória

não há possível exorcismo
ninguém se livra
a única fórmula é assumir o mal
digerir o mal
e até ajudá-lo com um bom laxante
as bruxas de salém como é óbvio
são um caso de constipação coletiva

já vou baldomero digo
não te esqueças grita ainda
este mundo é injusto
tá tranquilo velho não me esqueço
catarse sim constipação não

como vou me esquecer
se às onze e quarenta vou amar
com meus dezesseis anos de unhas roídas
ainda escondido atrás de minhas barricadas de
   soberba e candura
ainda que um pouco preocupado pela mensagem
   urgente de meus testículos
esse alfabeto morse que já se usava nas
   cavernas de altamira ›

e assim mesmo em pompeia herculano e estábia
  muito antes de que alguma vesuvian
  tourist company limited as convertesse em
  produtivas ruínas
esse alfabeto que morse se limitou a codificar
  como inapreciável aporte à história das
  comunicações e da libido

como vou me esquecer
se ainda não toquei um seio nem sequer dois
  que é sempre o primeiro passo da
  avidez
mas sim uma blusa de moça
com a moça dentro por sinal
e ao redor um parque quase sem insetos
  porque ainda reina o machucado
  inverno
sem insetos porém com um frio de rachar que é
  a resposta cruel ao desolado otimismo
  de meus gametas
como vou me esquecer baldomero de que o
  mundo é injusto

como vou
se ela tem catorze anos e balanceia as
  tranças
porém em seu olhar contagioso assoma uma
  madurez que me devasta e me acende e
  me apaga e me provoca e me submete e me
  dilui e me concentra e outra vez me
  dilui
o problema é que quando os tipos de
  dezesseis olhamos para uma mulher moça ›

só colocamos no olhar nossos
dezesseis e nossa candura resulta uma
bagunça
porém quando uma mulher moça de catorze e
ainda no caso de que balanceie as
tranças se digna a nos encarar com seus
olhões de gata púbere então a coisa é
muito distinta porque nesse olhar
além de seus catorze estão os trinta e
oito da mami e os sessenta e seis da
avozinha e em alguns casos não tão
excepcionais como se quereria também
os noventa e um da bisa ou os cento e
quinze da tatara ou seja que elas não
podem agir senão como sólidas implacáveis
redobradas tetranetas e o outro apenas como
inerme grão contemporâneo

como vou me esquecer
se agora anamaria está me olhando terna
    abrigada inexpugnável
quiçá mais terna e abrigada que inesinha porém
    quanto mais inexpugnável
como vou me esquecer
se ela diz osvaldo e penso em seguida que meu
    nome se enforca com sua trança direita
    e então por fim inominado eu queria
    me pendurar na sua trança esquerda que é um
    pouquinho mais longa e mais escura para
    botar a voar os sinos de minha
    catástrofe de minha cautela de meu amor
e então recebo outra mensagem urgente
e rim morse me faz balbuciar testitequero
e ela ovarirri com sua pedante e encantadora ›

  certeza e em seu olhar aparecem
  simétricos cartazes que proclamam sua
  virgindade e perguntam a minha e ali nasce
  um complô uma doce conspiração na
  que por sorte já não participam nem sua
  mami nem sua avó nem sua bisa nem sua tatara
  senão pura e exclusivamente ela e eu e
  sobretudo seus olhos que já não são de gata
  púbere mas de anamaria anamaria
e então nos vamos comovidos e alegres
  fazendo soar com desalmados passos as
  folhas secas testiovariando de mãos dadas
  soltando de vez em vez úmidos
  monossílabos sob os pinheiros molhados
  nestas lidas cada um deixando-se pensar pelo
  outro levar pelo outro e assim até a
  revelação não importa o frio
e as doze e vinte e cinco quando refazemos o
  caminho amassando de novo as folhas
  mais que secas ternurando de mãos dadas sob os
  pinheiros temperados e cordos olhos com
  interesse científico seus ex-olhões e
  objetivamente comprovo que já não há
  mais cartazes só céu

custa voltar à bendita rotina
com seus batentes de proibições e
  consentimentos
suas tímidas justiças
suas arrogantes arbitrariedades
com o flamingo servindo-me a sopa de macarrão e
  eu desbaratando os grandes olhos de
  azeite com minha colher cautelosa ›

com o coruja me olhando sem me ver
frente a mim e no entanto más além de mim
com o leão como errata de fábula
com a teimosa hiena de costume
e contigo irmãzinha alegremente entimesmada
sorrindo-te sozinha e rodeada sorrindo-te
exibindo teu encanto com redonda impudicícia

custa porém se volta
parcimoniosamente
muito a muito se volta se retorna
há que se pôr a salvo a querência
minha retórica de almoços em família
os rostos aprendidos cautelosamente infames
enquanto preparo interlocutores imaginários
    com os que terei que dialogar através
    dos anos
em estrita desordem porém interlocutores
para noções que já começam a me mover os
    lábios
digamos ofício tensões abraço gritopelado
    merda gooool justiça pélvis evangelho
    câncer meuamor cumplicidades alegria
    foda-se
a esta altura do partido eu quereria
um memorando confiante onde constasse
a série luminosa de projetos inalcançáveis
eu tocando o violão como quem faz
    amor
eu fazendo revoluções e escrevendo-as ou
    quiçá vice-versa
eu querendo sem apreensão e com
    intermitências inês e anamaria ›

eu entrando nu no vão da
 insônia e uma delas comigo porém não
 qualquer uma
eu prendendo-me à nostalgia e soltando
 depressa esse traço

nos rostos advirto que é um dia
 importante
o coruja sente a obrigação de aventurar
 conselhos
o leão me abarca com uma olhada
 gravemente antiga
a hiena vela sobre nós pecadores
o flamingo dissimula sua astúcia
só você irmãzinha

onde estão os transtornados indigentes outros
os que ainda não têm problemas com a
 nutrição do eterno propagado venial
 espírito porque seu problema é encontrar
 os alimentos do corpo urgente oneroso
 mortal

há um momento em que minha civilização clama
 por minha barbárie
exige por agora que os bárbaros esses
 analfabetos inocentes sensíveis esmaguem
 com seu ódio criador os civilizados
 sapientes e assassinos
porém exige também e isso é o grave
que em meu próprio claustro em meu próprio
 território em minha defendida solidão
a violência abrume com ódio igualmente
 criador os infinitos pudores e credos ›

o delírio do real faça retalho das opulentas
    dúvidas do intelecto
o ultimatum da pobre alegria derrube para
    sempre minhas sólidas barricadas de
    dissabor
afortunadamente a amargura saiu de moda
    desde que foi nacionalizada pelo ódio
    porém claro custa se acostumar ao novo
    status

onde estão os faltos de aniversário porque
    de tudo têm sido despojados inclusive do
    pedacinho do almanaque em que a mãe
    os pariu
que direito tenho a meu coruja a meu flamingo a
    meu leão a minha hiena
que direito tenho a que estejas a meu lado
    irmãzinha
quando as hordas de órfãos assaltam a cota
    reservada às pávidas famílias

o futuro não é crônico
por sorte não é crônico
quando menos se pensa está golpeando
quando menos se pensa é uma e meia e
    flagrantemente completo meus dezoito

o coruja fala da relação entre trabalho e
    capital
já é um progresso pois nos velhos tempos
    dizia capital e trabalho
para o velho a mudança de estruturas é uma
    inversão semântica ›

ainda que o subconsciente opine que a ordem
dos fatores não altera o produto
porém há que se reconhecer que não é má gente
simplesmente carece de alegorias para sua
neurose
e lhe parece que com cada cheque que se assina se
dessangra

o flamingo não entende
pelo menos ela mesma diz que não entende
e quiçá tenha que se acreditar posto que é
verdadeiramente sábia em incompreensões
além do mais foi doutrinada para crer nos
impostos nas boutiques nos
parlamentos nas propriedades
horizontais nos wagonlits no método
ogino nos minutos de silêncio na
santíssima trindade na pepsicola nos
contatólogos
por isso é lógico que não entenda pobrezinha
porque a realidade é cada vez mais propícia
às faltas de respeito e menos propensa
às artes de magia
o conflito não é já entre os pobres de
espírito e os ricos de solenidade
senão simplesmente entre pobres e ricos
e é tão difícil entender a simplicidade
porém há que se reconhecer que não é má gente
simplesmente carece de malícia profissional para
emendar seu desconcerto e crê que a
piedade está convocada para substituir a
mais-valia

o leão pisca e seu caso é por certo mais
    grave
porque sim crê entender
seu passado é um farol só que está apagado
porém ele vive recordando o que esse feixe de fogo
    iluminava
cada vinte minutos é mais velho
porém só quando faz perguntas representa
    cabalmente sua idade
em particular me inspira comiseração quando
    empunha sua experiente ironia
e esta zumba inutilmente sobre os pratos mais
    ou menos gordurosos e vazios
porém há que se reconhecer que não é má gente
simplesmente carece de espelhos para a imagem
    de seu mundo carcomido
e ainda que não queira confessá-lo estima que o
    presente é um raquítico intervalo entre
    duas corpulentas inteirezas

a hiena tem uma vocação de aleivosia que
    nunca logrou perpetrar
e esse importante fiasco pesa indubitavelmente
    em sua néscia configuração
sua módica maldade engarrafada quiçá faça
    insuportável o grande espetáculo de suas
    insônias
enquanto ódios anões e coxos
    ressentimentos entram e saem pela
    escotilha
padece quatro ou cinco enfermidades porém a
    mais grave é sua saúde de lei
essa que agora mesmo lhe permite engolir tudo
    e algo mais ›

quando me olha de imediato me sinto
        ferido
e se zombo dela é só para recuperar
        brevemente o equilíbrio
porém há que se reconhecer que não é má gente
de todos modos sua capacidade de manobra é
        insuficiente para efetuar um malefício
        realmente valioso
e seus rompantes se veem vir de longe como um
        tornado

em última instância haveria que se reconhecer que
        ninguém é má gente
todos cumprem com deus e com o estatuto
rezam quando há o que rezar
perdoam quando há o que perdoar
falsificam quando há o que falsificar
alvissaram quando há o que alvissarar
escarmentam quando há o que escarmentar
sempre de acordo com deus e com o estatuto

menos mal irmãzinha que tu sejas por fortuna
        má gente
só tu estás decididamente em falta com deus
e o estatuto está em falta contigo
só tu cantas quando há o que rezar
bradas quando há o que perdoar
maldizes quando há o que alvissarar
perseveras quando há o que escarmentar
sempre a contrapelo de deus e do estatuto

de repente estou perplexo frente o almoço de
        meu lar
nestes dezoito anos de meus móveis
        roteiros ›

45

sei que antes da sobremesa deverei tomar uma
    decisão
na que entrarão todos os meus rumores
    entranháveis
minha baixeza paroquial
meus lençóis com sêmen
meus signos do desastre
meus fumos de vitória
minhas feridas asquerosas
minhas cândidas cicatrizes
meus excessos de ortografia
minhas faltas de confiança
minha pedra e
meu caranguejo

hei de tomar uma decisão para minha história
    repentina
o problema não radica em ser herói ou barata
isso seria demasiado fácil

o dilema é abolir todas as esperanças ou deixar
    umas poucas como mostra
o dilema é lembrar-se de tudo ou somente
    do necessário
mas também não é isso
o dilema é jogar para a ação ou jogar para o
    prognóstico
mas também não é isso
o dilema é heróstrato o bombeiro
mas também não é isso

já acabei com o flã e nem sequer
    consegui esboçar meu próprio laudo ›

isso pode significar que os célebres instantes
    cruciais são outro conto chinês
mas também algo mais grave
por exemplo que estou convencido da
    impostergável necessidade de tomar uma
    decisão
e por outro lado ignoro entre o quê e o quê tomá-la
em consequência me encomendo firmemente ao
    caralho

sou o que se diz um imaturo voluntário
pretendo pôr os cimentos quando ainda
    não tirei os escombros
me amontoo frente ao azar com os olhos muito
    abertos
minha aptidão para legatário é incomensurável
mas ainda não sei o que tenho vontade de herdar

heróstrato o bombeiro
depois de tudo talvez seja isso

vou dizer até logo
vou pensar já não aguento
o coruja contém um arroto e fica livre pelo
    esforço sobre-humano
o flamingo sorri sobre as ruínas de itálica
o leão acende o cachimbo com um gesto de
    desterrado
a hiena prepara as enrugadas pálpebras para
    o iminente sopor
tu irmãzinha tomas o café deixas tua marca de
    carmim na xícara
e logo desapareces tão silenciosa como se
    andasses descalça e o efeito se deve ›

      por partes iguais a teu trote de fantasma
      e a tuas solas de goma

já não aguento
até logo
saio à rua como um exilado do egoísmo
porém sem haver aprendido ainda como ser
      generoso

às dez pras três já se foi o frio
às cinco pras três o sol conforta
de pronto a cidade é uma sesta sem espasmos
      nem aleivosia
meus agora assumidos vinte anos chegam como
      uma ressaca
o próximo também sai de seu esconderijo
e é enxuto e sem alegria
mais ou menos uma haste sem bandeira
ou é obeso e com os olhos de névoa
mais ou menos um bote inútil
ou é uma moça com trepadeira
mais ou menos um claro subterfúgio
ou é um milico da nova classe
mais ou menos uma alma hedionda

cada lástima com sua miséria
cada árvore com seu cachorro
cada inspetor com sua manga larga
cada missioneiro com seu escrúpulo
cada guerrilheiro com seus colhões
cada general com seu cerume
cada ministro com seu titereiro
cada mórmon com seu mórmon
essa é depois de tudo a fachada imaginária
na realidade a cidade de sol está vazia

o rosto perigoso e coletivo não está na
rua
o presságio vive em sótãos em cloacas em
paredes em signos
faz cálculos sobre os cálculos do inimigo
elabora probidade e coquetéis molotov
o bom samaritano faz práticas de tiro
o homenzinho mediano faz práticas de
nação

os gerentes e os gerontos regam a ruína
outros colocam sua montaria sobre a crista da
onda
beati possidentis[9]
harpagãos do mundo todo uni-vos
no lobby do hotel do abismo

e nada disto está na rua
a cidade de sol está vazia

os abutres manejam candidamente o
cortador de unhas
a pátria corre com os pés descalços
os entranháveis cantam vomitam esperam
o bufão geme no canal quatro
cada janela é uma trincheira
a tartaruga é vanguarda dos vaticinadores
e os vaticinadores estão tão afônicos que não
podem vaticinar
voltarão as loucuras vespertinas
mas aqueles que vaticinaram
esses
não voltarão

---
9 BEATI POSSIDENTIS: locução latina que significa "felizes os que têm posses".

no entanto ninguém está na rua
a cidade de sol está vazia
não importam as sozinhas mulheres de peitos
    duros que com seu passo com seu vaivém arrancam
    profundos assobios de adesão
    melancólica
nem as irritadas bandeiras levadas em alto por
    manifestações quase secretas
nem os memoriosos de cenho mais franzido que
    heroico
nem os buzinaços e outros argumentos com que se
    discute nas esquinas táticas
nem a cavalaria da metro[10] que caga
    equânime e sem complexos frente à casa
    do governo

a cidade de sol está vazia
porque não encontro meu plural o cúmplice
o que ignora o hino ou a fanfarra que
    escreveu o cretinaço do francisco acuña de
    figueroa[11] primeiro rufião de uma plêiade de
    rufiões
porém sim sabe as cabeludas decências que o
    velhinho artigas[12] foi deixando em seu rastro

a cidade de sol está vazia
digo sem gabação e sem rancor
simplesmente como um registro de minha
    tribulação ›

---

10 **METRO:** apelido dado à Guarda Metropolitana uruguaia.
11 **FRANCISCO ACUÑA DE FIGUEROA:** compositor do hino nacional do Uruguai.
12 **ARTIGAS:** José Gervasio Artigas foi um famoso político e militar uruguaio que combateu as tropas espanholas e dirigiu boa parte dos territórios que deram origem ao atual Uruguai. Até hoje é considerado herói nacional em seu país.

porque eu queria achá-la plena e vibrante para
       lhe entregar meus arrependimentos e meus
       calafrios
eu queria me instalar sob seu jorro de
       bem-querer seu farol de simpatia
nem solitário nem multidão
saber tão só que o socorro está ao alcance de
       meus enigmas
que a vida dos outros desemboca em mim
       como uma enchente imprevisível
       concordância
há modos de ressurreição para todas minhas
       mortes potenciais
porém o modo melhor é achar meu rebanho de
       indivíduos minha grei de animais minha manada
       de emancipados

a cidade de sol está vazia
e eu não me perdoo
porque sou eu quem devo enchê-la de
       presenças
eu quem devo desmantelar solidão atrás de
       solidão
converter o remoto em peremptório
o pouco em muito
o desgarrado em contínuo
está vazia porque eu estou vazio
pálido cinza ressuscitado para quê
porque eu estou vazio
porque desvaneço as turvas presenças só
       com a desculpa da sua turbidez
e não me perdoo

no entanto de repente me entorno me abarroto
sei onde existe a cidade de sol
onde predestinados humildes calcinados
    empurram a jornada
transcorrem como todos e como todos se
    destroem
porém em sua destruição
não se traem
mas antes resplandecem de franqueza
se embriagam de sinceridade
pensam que fulano é uma merda e fazem o
    possível para erradicar a fulania
pensam que a revolução não é a psicanálise
    senão a revolução
que a justiça não precisa de cosméticos
que os prevaricadores não sairão do labirinto
que você
qualquer você
e eu
qualquer eu
não somos covardes senão que não
    encontramos ainda nossa coragem
e pode que seja verdade

e às três e quinze já passou a crise
sou tão bancário como de costume
contemplo de fora meu escritório
minha basílica trivial e confiada
a vejo desde o ônibus
a exorcizo desde as árvores
a vigio desde os quiosques
a conjuro desde mim mesmo

hoje me dissocio dessa tribo
me predestino a simplificar o sueto
completo meus vinte e quatro como quem vê chover
e penso que lá dentro crepitam mansos
    desesperados
pobres especialistas em itens de exportação
mártires da barbaridade planificada

por exemplo méndez que extrai da friden
    elétrica estertores que são quase
    orgasmos
ou solari que soma e soma por sobre os óculos com
    religioso conforto
ou romero que paga cheques exorbitantes e que
    tem a higiênica rebeldia de lavar as
    mãos a cada cinquenta minutos
ou pereda que estuda e desfruta as assinaturas
    registradas como se fossem picassos ou
    gauguines
ou matilde cuja frustração se baseia em que suas
    tangíveis cadeiras não são visíveis atrás do
    mostrador
ou arévalo que enquanto arquiva expedientes
    prolixamente atados com fitas muito
    semelhantes a cadarços de sapatos
    sorri piedosamente frente a sua privada e
    infinita planura de contos verdes
ou mariangélica que antes de aceitar o depósito
    contempla longamente o depositante
    através da luxuosa rede de suas pestanas
    intercambiáveis
ou goldenberg que nos momentos livres que ele
    mesmo fabrica estuda com aplicação
    as obras completas de mafalda ›

ou riolfo que enquanto faz traços junto às
    cifras em vermelho se dobra penosamente na
    certeza de que sua mulher tem câncer e o
    ignora
ou ester que busca diferenças com um empenho
    capaz de postergar a solidão que
    implacavelmente a espera à saída
ou ramírez nosso pobre atarefado caudilho que
    reparte suas defesas e acometidas entre
    os milicos do mundo exterior e os
    pusilânimes de dentrodecasa
ou figueroa ou castillo ou lina ou rivas ou o negro
    paredes ou zudañes ou ema ou eu mesmo
porque ainda daqui da rua daqui do ar livre sei
    que também estou dentro oportunamente
    condicionado no ar-condicionado
    tabulando ritmicamente meus cartões
eu também como subalterno hemácia do
    monstro
eu também incapaz de perturbá-lo
eu também perturbado

afortunadamente as pessoas começam a caminhar
    junto a mim
já se amolaram de sua estatuária dignidade
ainda que só agora advirto que me havia
    esquecido de anotar que estavam imóveis
    em homenagem a meus vinte e seis transcursos

bom às três e trinta e cinco
    começaram a caminhar primeiro lentamente
    logo com ira ›

passam coléricos não sei bem por que nem contra o quê
porém já aderi fervorosamente à sua cólera
que macanudo somos solidários
abrimos as bocas em definidos hemistíquios
    para lançar condutas nutricionais e
    nossas juntas comissuras se fatigam
    porém é esplêndido fatigar-se no plural
cerramos os punhos e então notamos que
    não empunhamos nada e essa ausência nos
    produz uma relativa vertigem
rodeamos colachatas[13] que em seu mórbido
    interior transportam senadores e ao
    bater conscienciosamente os vidros à
    prova de rebeldes e cuspidas nos
    damos a ilusão de que vilipendiamos seu
    gordo pânico
corremos até a embaixada dos boinas
    verdes e dos mórmons e dos testemunhas de
    jeová e dos corpos de paz e do espírito
    de guerra e vociferamos sem nenhum
    decoro até que nosso fígado e
    nosso baço nos põem a sofrer
    simétricos alertas
porém o alerta da metro vem em seguida e é
    assimétrico
e fugimos
todos próximos
gritando viados filhosdaputa vendidos
    cornos assassinos
fugimos curados da penúltima inocência
por sorte sempre nos resta uma última de
    reserva ›

---

13 **COLACHATAS**: apelido dado pelos uruguaios ao Impala, carro emblemático da marca Chevrolet, produzido pela General Motors.

  abomináveis ofegantes
 e os cascos do cavalo milico enchem a
  atmosfera de meu aniversário
 e trepamos em ônibus escadas elevadores
  grandes lojas bondes
 e de pronto deixamos de ser eufóricos solidários
  próximos
para nos converter em ratões isolados em
  desvalidos ninguéns

na plataforma do cento e quarenta e quatro
  refaço meus ossos inflo meus pulmões
  ponho meu nariz a escorrer
a meu lado um estrangulador frustrado
  murmura que ignomínia
porém não há ambiguidade possível
a ignomínia sou eu e não a milicada
há um vaivém de olhares que opinam
duas senhoras com a alma em farrapos porém com
  terraços no chapéu não ocultam seu
  asco frente a meu sufoco
um militar de solene envergadura se coça
  dissimuladamente no prepúcio e concorda
  com seu vizinho em sua reclamação por uma
  mão forte
só uma moça de olhos nupciais me
  lança seu preocupado sorriso como
  quem atira uma corda sobre um abismo
eu a recolho e basta
rapidamente forjo um silêncio entre tanta
  estridência
esse sorriso é uma fruta um repouso uma doce
  intempérie uma linguagem secreta um ›

augúrio um sacrifício uma dura piedade um
estupor e tantas coisas mais
já posso respirar como um digno passageiro
porém tenho a impressão de que meu bigode está
como murchinho

miro a paisagem de cal e encontro outro
sacudo os monossílabos como dados em um
copinho
e quanto os tiro
por sorte formam uma escada servida
fé mar lide sol tu

neste momento juraria que estamos salvos
que a ruptura da graça nos encontrará
turvos porém ilesos
que estamos vacinados contra o flagelo da
prudência
que a mordaça há que mordê-la
que não há compensação para a morte
que não há porém não importa
que tarde ou na alvorada chegaremos à
verossimilhança de nossos delírios mais
inalcançáveis
que em certos oásis o deserto é só um
delírio
que não há baedeker para o labirinto
que é lícito rasgar as velhas vestiduras ainda
ignorando se chegaram as novas

certamente neste momento eu juraria que
estamos salvos
porém tampouco há que se enrouquecer no
anúncio ›

sobretudo sabendo que amanhã ou depois
acaso volte a jurar que estamos
perdidos

na realidade nos salvamos e nos perdemos
nos esparramamos e nos reunimos
intermitentemente
só deus é assim instável
por algo o criamos à nossa semelhança

o azar é um pouco nossa lei
porém nós devemos planificar o azar
tentar a árdua montagem da sorte
porque se deixamos o azar ao azar
então sim o planifica o inimigo

não sei por que me tornei sereno e
programador
à medida que me aproximo de meu território
meu lugar terreno firme
onde está o rosto de guarnição de minha mulher
e a pureza volátil de meus filhos

eles me esperam
são meu mundo redentor porém tão frágil
não tenho sequer uma linda vasilha com o
ramo de oliva
tampouco me defendo com a benigna
indecência das superstições
quando abro a torneira sai um jorro de medo
neste breve futuro não há pirâmides nem
muralha da china nem torre eiffel
há simplesmente luísa que trouxe de uma longínqua
província de bonança seu doce corpo
estendido ›

há andresito de seis anos que já é alguém
    ainda que esse alguém seja às vezes gato às
    vezes locomotiva às vezes tão só um
    penacho dourado
há jorge de quinze meses que ainda não é
    alguém porém que já tem olhos ansiosos
    voz inesgotável com a que engendra ao azar
    os mesmos sons que depois serão
    insultos carícias maldições ordens e
    súplicas

também eles ingressam em meu aniversário
porém como um abraço confiscante

eu osvaldo puente
eu compatriota de vinte e oito vagões
chego com meus nascimentos e meus suicídios
com minhas mortes e minhas ressurreições
venho soando a marteladas minha estropeada
    inocência
para que os meus a sintam a percebam
ou percebam o pouco que dela vai ficando

o inverno do almanaque nada tem a ver com
    esta cidade de sol que nasceu de golpe
o serviço meteorológico me regalou um verãozinho
    que se lhe havia extraviado
e nesta tarde cálida e sem vento coloco à
    luísa a andrés a jorge
eu também me coloco sem inventar reparos
nosso jardinzinho do fundo que estava
    moralmente preparado para o tempo
    inclemente está agora estupefato com ›

   tanta clemência e sua razoável surpresa
   se concretiza em sombras afiadas e tíbias
 às cinco e quinze chega a notícia de uma
   prorrogação que em princípio não era nada
   fácil
a tarde se prolongará por quarenta e cinco
   minutos mais que o acostumado
é a homenagem que me rende o parlamento que
   como se sabe é muito sensível aos
   onomásticos e aos panteões

luísa recebe a grata nova com um nó na
   garganta
tanto que ela gostou desta ilha de calor em pleno
   inverno
andresito se converte rapidamente em elefante
   porque como é óbvio o calor vem
   amiúde com mamíferos proboscídeos
jorge abre desmesuradamente os olhos e faz
   cocô com meia hora de atraso
tenho a clara impressão de que se cria um
   grande espaço em branco
na tarde
no lugar
na minha vida
não vejo outras árvores além do limoeiro familiar
outros pássaros além do pardal sobre o muro
outros meninos além de jorge e andresito
outra mulher além de luísa

no entanto adivinho
outras árvores
pássaros ›

meninos
mulheres
assumo-os com seu olor e seu volume
sei que estão aí não mais
ao alcance de minha moderada alucinação

a respiração do mundo chega densa
com suas sirenes de alarme
suas campainhas afônicas
seus gritos quase silenciosos
suas frações de relinchos
seus comentários de metal
seus netos pródigos
seus hóspedes que não acabam de chegar

que será deles

por primeira vez em meu ano vinte e nove
sinto inexplicáveis vontades de chorar pela triste
    harmonia que vegeta extramuros
porém andresito está me olhando
bruscamente compreendo que isto
é a paz
esta cravada verde angústia ao sol
é a paz
esta mão de luísa rachada pelos alvejantes que
    descansa em minha mão de tabulador inútil

é a paz
é a paz transitória
quiçá irrecuperável
porém é
a paz

me sobe ao rosto uma nova vergonha
é a vergonha das cinco e meia
minha modorra de lagarto ao sol
minha quota-parte ou seja
minha fodida efervescente responsabilidade no
       grande golpe
nas quatro ou cinco erratas graves cometidas
       no paisinho

em rigor teria que me sentir comparsa e
       culpado do grande campeão charolais e o
       chriscraft radiante do presidente do
       diretório qualquer diretório
do pur sang do vice-presidente
do cessna do prestigioso estancieiro
do pipper apache de sua excelência
do agneau rasé da esposa do senador e
       sobretudo do vison da amante
do mustang do primogênito
dos banquetes rotários com amável
       dissertação adjunta
do assessor ianque em inteligência e conexão
da parva domus[14] e seu folguedo senil
dos milhares de beltranos suburbanos que jamais
       provaram um copo de leite
dos venturosos que não perdoam joão
       vinte e três[15]
dos tribunais de honra e dos tiros ao alto
do foder executivo
o foder legislativo
e o foder judicial

---

14 **PARVA DOMUS:** trata-se da República de Parva Domus Magna Quies, micronação autoproclamada em 1878 que se encontra cercada por Montevidéu, capital do Uruguai. Soma cerca de 250 habitantes.
15 **JOÃO VINTE E TRÊS:** refere-se ao capítulo e versículo 20:23 do livro de João na Bíblia, que diz "Se perdoarem os pecados de alguém, estarão perdoados; se não os perdoarem, não estarão perdoados".

me pergunto se meu pecado será só de omissão
não os haver queimado
não me haver sentado logo frente à alegre
    pira tocando devagarzinho cambalache[16] de
    discépolo na hohner como uma sorte
    de nerón gonzález

porém luísa me lembra outros incêndios
luísa de paysandú[17]
eu a chamo payluisa
não precisa olhar para se fazer desejável
é uma lástima que a esta altura do século já
    seja um lugar comum dizer que as cadeiras
    são de ânfora grega
porque efetivamente são de ânfora grega

para sua nudez deveria levar outro nome
porque luísa é nome de mulher vestida

quando seus peitos tomam decisões e
    rapidamente me catequizam
então deveria se chamar flora ou glória ou pelo
    menos marcela
quando suas coxas dóricas se estremecem
    devido a não sei que sismo
então deveria se chamar ceres ou rita ou pelo
    menos olímpia

de todas maneiras ela é meu latifúndio e meu
    minifúndio
nela satisfaço meus êxtases frugais
cultivo minhas plantinhas de pudica luxúria
e não haverá reforma agrária que me a exproprie

---

16 **CAMBALACHE**: título de tango escrito por Enrique Santos Discépolo e cantado por Carlos Gardel.
17 **PAYSANDÚ**: uma das cidades mais importantes do Uruguai, localizada na fronteira com a Argentina, sobre a margem leste do rio que leva o nome do país.

agora vão embora um momento
deixem-nos festejar meu aniversário

tenham em conta que só há algo mais
    saboroso que fazer amor em uma noite
    fresca de verão
e é fazer amor em uma tarde calorosa do
    inverno

às seis e vinte regresso
leve como depois de uma eucaristia

senhores
há que se convencer de que a única paz de
    verdade persuasória é a paz erótica

agora preciso como o pão uma música epilogal
porém esclareço que para estes fins não deve ser
    aleatória
mas algo assim como albinoni ou louis armstrong ou
    troilo[18]
essa gente que rega o gramado de outro
porém não com um eficiente irrigador mecânico
mas com um primário e elementar regador

o grave é que tenho que ir
aos trinta anos a gente sempre tem que ir
sobretudo agora que a prorrogação caducou
    definitivamente
o inverno se torna outra vez inverno
sopra uma antecipação de vento e cada rajada se
    apura um pouco mais que a anterior ›

---

18 **TROILO:** o músico argentino Aníbal Carmelo Troilo, apelidado de Pichuco, foi considerado um dos grandes nomes do tango, popular por pertencer à Guardia Nueva.

meu filho mais velho e o limoeiro põem sua
        echarpe e suas formigas respectivamente
luísa suspende sua nudez que a esta altura
        é já metafísica
e seu tricô verde se enreda com o quinto
        espirro da série
os pardais do muro tentam escapar do
        autárquico sopro de deus
porém o pânico prontamente os atravessa
os converte em uma brochette de pardais
a situação exige que apareça uma nuvem
e a nuvem aparece
rosada gorda e flácida como a teta de uma
        respeitável puta holandesa

a esta hora os cosmonautas em terra estarão
        estudando sua néscia sintaxe
e o que deu dezessete passos de bêbado sobre
        a pedra pomes olhará com soberba o
        que só deu catorze
porém se algum outro cosmonauta está neste
        mesmo instante nautando o cosmos e
        ainda que se presuma que tenha sido treinado
        para ser conscienciosamente imortal com
        todos os inconvenientes e conezias que
        isto implica quem sabe se ao mirar pela
        janelinha uma paisagem tão modesta e
        sigilosa quem sabe se em um rapto de
        debilidade suprema que seria o único pelo
        qual me cairia bem não murmurará
        para si mesmo tratando de que o vizinho
        de escafandro não lhe leia o pensamento
        que cristo estou fazendo aqui em cima ›

nós por outro lado estamos abaixo
e abaixo a coisa está fodida
ainda que como compreenderão isto é
    simplesmente uma antífrase para dizer que
    a coisa está linda

em verdade em verdade vos digo que a candura que
    me arde às seis e quinze não é a mesma
    desta manhã quando apenas tinha
    onze anos e acreditava de pé juntinhos que os
    terraços e os telhados eram guaritas de
    filósofos
esta candura é mais sábia e no entanto mais
    furiosa

há rostos que a esta altura não suporto
embustes que a esta altura não aguento

por favor não me venham com o arsenal da
    solidão
porque de solitário ninguém me ganha
com o ultimatum da angústia
porque faz tempo me instalei na cratera
com a rasgadura e seus gordos dividendos
porque lhes recito meus rasgos completos

venham eh se querem com a crivada
    solidão
tragam-na como possam
em formol
em princípio
ou em macas

juntos a despelaremos
estenderemos sua pele provisória sobre o
limo ou sobre qualquer outra palavra de
tão rançosa ascendência
e nos sentaremos para esperar
como lhe nasce uma pele nova

em realidade a realidade
é a única eterna

por nossa parte nascemos comemos
engendramos sopramos ardemos subimos
descendemos ungimos perfuramos
comovemos
porém logo empacotamos sem remédio

ela por outro lado
a eterna
permanece

nosso único poder é
transformá-la
ou melhor é por esta razão que vou embora às
seis e meia
sempre haverá uma barricada de cólera onde
sem saber me esperam
sempre haverá uma ordem para desordenar
sempre haverá uma condenação para purgar com os
olhos abertos

quanto antes
melhor

meus ossos
meus remorsos
meus silêncios
tudo se acha em seu lugar
portanto
já estou em condições de extraviá-los

agora vou beijar luisa
que depois do amor ficou imóvel e
sagrada
sem se animar a romper as amarras

vou beijar jorge e adresito
estreadores do cansaço
inventores do sonho
contrabandistas da boa sorte

faz um tempo ou seja um lustro[19]
tive a impressão de que a baqueada pátria
levantava ao céu seus cotocos
porém agora compreendo que foi tão só
uma desilusão ótica
ou pelo menos que lhe cresceram mãos lhe
brotaram fuzis
e o inimigo não é o céu mas algo tão
inexpugnável e quadrado como a
embaixada dos boinas verdes dos
testemunhas de jeová dos mórmons e os
mitriones[20] dos corpos de paz e do
espírito de guerra ›

---

19 **LUSTRO**: medida de tempo que compreende o período de cinco anos.
20 **MITRIONES**: referência ao policial estadunidense Dan Anthony Mitrione, que inovou os métodos de tortura contra prisioneiros políticos na América do Sul sob o lema "a dor exata, no lugar exato, na quantidade exata para obter o resultado desejado". Ministrou cursos no Brasil em 1964, ano do golpe militar que abateu o país por 21 anos, e acabou sendo morto por guerrilheiros tupamaros no Uruguai em 1970.

chegará o dia não duvidem em que será
    expugnável e esférica
e nesse dia todos a empurraremos
a faremos rodar até a borda
a jogaremos no rio
e nem sequer cantaremos
porque antes do canto estão as maldições
e são muitas

claro que ainda falta um pouco para essa festa
agora tenho que ir
entrar outra vez na cidade
domesticá-la aprendê-la vesti-la despi-la
cobrir momentaneamente suas vergonhas seus
    delírios ferozes
porém lembrar sempre onde estão

tenho que ir com minhas contrassenhas

a cidade que deixei faz duas mulheres
é agora uma paisagem de cordura
compreendo que surpreendentemente amadureci
porque a percorro sem desespero
e isso que a cordura costuma me desesperar
amadureci porque a paisagem não me
    convence com suas janelas entreabertas
    suas poltronas de vime na calçada seus
    homens desarmados falando
    clandestinamente de futebol e
    abertamente de sequestros porém mirando
pela lateral as metralhadoras do poder
na realidade não é exatamente uma paisagem de
    cordura
mas um postal com uma paisagem de cordura

algo existe no ar
algo estritamente novo
por exemplo as estátuas não têm aspecto
    saudável
melhor dizendo estão emagrecidas e tensas
    como se soubessem que também para elas se
    aproxima o tempo da abominação
por exemplo os edifícios públicos estão escuros
    e sujos e vazios
como enormes quilombos sem clientela

atenção
a segurança vai ser profanada
a segurança vai ser profanada
a segurança vai ser profanada
a insegurança já chegou aos subúrbios
no senador dói o baço antes ainda de
    começar a correr
no ministro dói o gogó antes ainda de sentir
    a carícia da corda
no presidente como é pouco simbólico dói
    somente o furúnculo

no pátio do medo não cabem os pobres
porém enquanto a segurança não é profanada
eu tenho hora com um profanador

quando chego ao café são as sete e vinte
e meu aniversário ganha um tom violáceo
eu osvaldo puente compatriota
sinto pela primeira vez o peso de meus trinta e
    um fins de tarde
a velha massa da universidade me tapa o céu ›

daqui vejo os dezenove tiras do
    sportman[21] tomando seu pingado de rotina
    suas grapas com limão[22]
alguém os viu envelhecer ficar calvos
    perder os dentes e as estribeiras
seus rostos são mais familiares que os de meus
    tios de sangue
tecnicamente são filhos da puta porém há dias
    em que baixo a guarda e me sento frente
    a eles como androcles frente a seu felino
espiam logo existem
o terceiro mundo está cheio destes
    homeopatas da infâmia
estes gânglios da delação
porém no quarto mundo
i hope so
só servirão de adubo orgânico

a propósito
quando chegará esse quarto mundo
às vezes creio que vai nos pegar cansados
com a inteligência esmagada como uma guimba
com as sedes de amar amontoadas em uma
    desgastada bolsa de frustração
com a memória já titubeante
com os amigos na cadeia
com o rancor nas gengivas
com a piedade no espelho
com os vislumbres oleosos e míopes

---

21 **SPORTMAN**: um dos cafés mais antigos de Montevidéu e também um dos mais frequentados por Benedetti. Ficou conhecido como "Bar dos estudantes" por estar próximo à Universidade, à Biblioteca Nacional e ao Instituto Alfredo Vázquez Acevedo. Durante a ditadura militar (1973-1985), o espaço era frequentado por policiais da inteligência uruguaia à paisana.

22 **GRAPAS COM LIMÃO**: um dos drinques mais tradicionais do Uruguai.

porém nas madrugadas entusiasmadas
reconsidero e oro

bem-aventurados os ex-pobres de espírito que
    cheguem a desfrutar essa equânime estação
porém bem-aventurados também nós que
    estamos construindo uns o hectare e
    outros o milímetro quadrado dessa
    bem-aventurança

às sete e meia chega o profanador com a
    pontualidade de um batimento
não vou descrevê-lo por razões óbvias
e menos ainda com eles me olhando

vamos chamá-lo gerardo ou melhor antônio
antônio pergunta se decidi algo
e eu que sim que decidi que vou
ao dizê-lo com todas suas poucas letras tenho a
    repentina sensação de que em meu mundo
    outro tempo se inaugura
e que minha decisão tão cinzenta e empobrecida
    tão digna do esquecimento
funda não obstante um otimismo elétrico
graças ao qual o risco aprimora sua
    teologia
e inclui os passíveis de uma morte imparcial

é formidável porque me despojo de uma
    impura predestinação
de um báculo oprobrioso
de um colar de cautelas
e quando em silêncio declaro minha guerra
estranhamente me sinto por fim em paz

às sete e quarenta e cinco o sétimo
       observador começa a nos vigiar por
       sobre a grapa com limão
claro
a caneta as sobrancelhas os mocassins
indubitavelmente nos fazem suspeitos
porém há que considerar que para os pobres
       delatores da era pós-conciliar
o mundo inteiro é suspeito
e em certo modo têm razão
atentem-se que a ameaça se entoca onde quer
não só nos manifestos nos argumentos
       com gatilho nos férreos silêncios na
       inexorável lembrança nos sótãos
       da dialética dos gonzos
       geracionais
mas onde queira

a suspeita está altamente justificada
senhores nesta data tudo é subversivo
desde os mamilos maternais que hoje vêm
       suspeitosamente amargos até a doce
       ubre divina que de repente
       interrompeu o suprimento
desde os cães que esperam o carteiro com
       infra-humana paciência para levar ao
       dono o boletim do usis[23] até os locutores
       de ruidoso desdém que convocam
       patrioticamente para a traição
desde os cestos de lixo que cheiram a
       sovaco de morcego até o lancia
       último modelo que suspira veloz ›

---

23 USIS: sigla para United States Information Service, um dos organismos mais ativos da Embaixada dos Estados Unidos no Uruguai.

desde a insônia dos réprobos até a
   discriminação da luxúria
desde os missioneiros da constipação até
   os filantropos por obrigação

a subversão infla os pulmões e as
   bochechas
detém os relógios e os põe a andar
acumula a pepsina a pancreatina e também
   os sucos gástricos
nos cemitérios constrói confortáveis
   túneis a fim de que os respeitáveis
   finados tenham suficiente espaço para
   criticar os desolados
nos hospitais esconde extremistas in
   extremis
no ministério de cultura seção presídios
   ajeita insurgentemente os
   punguistas porém jamais o ministro que
   como se sabe é irrecuperável
no templo reza de acordo com o previsto porém
   deixando expressa constância de que não
   perdoará nunca a seus devedores
nos concursos de tiro ganha o segundo
   prêmio nada mais que para dissimular porém
   se lhe nota o esforço em desviar a
   pontaria
nos incêndios se afasta discretamente
   apertando na mão o tíbio acendedor
e o pior de tudo nos bares nunca prova
   álcool

74

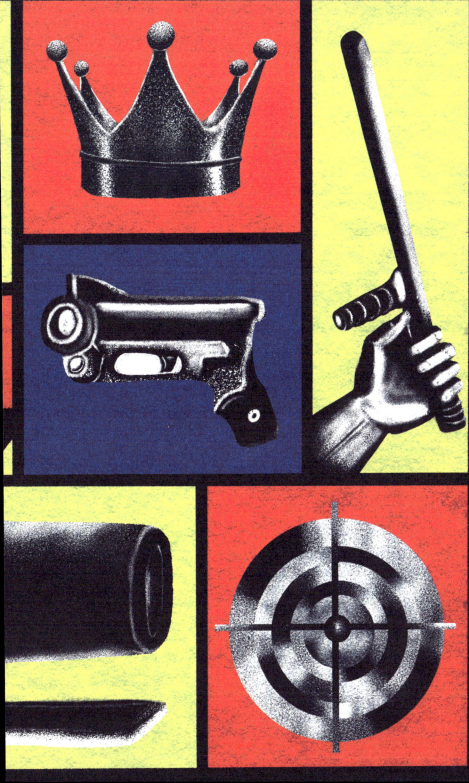

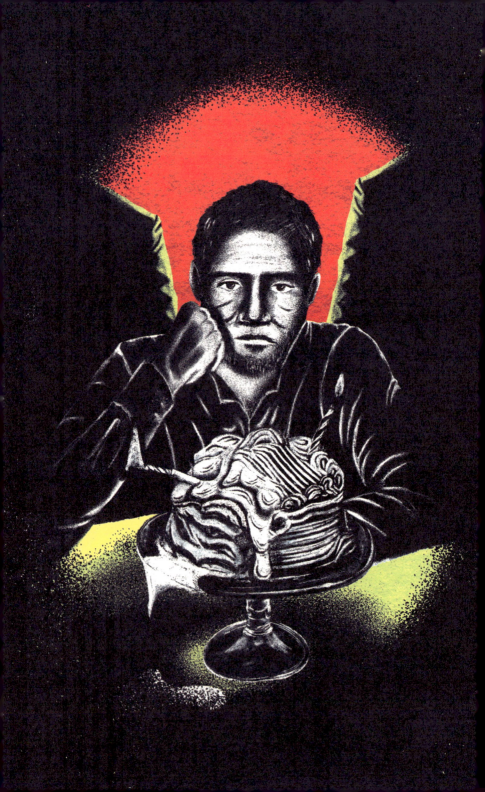

quando antônio diz vamos passou
    pouquíssimo tempo
ainda que sim o suficiente para que a tarde
    anoitecendo faça luzes e ruído

nos levantamos com um porte espantosamente
    seguro com os portfolios semiabertos
    com o jornal dobrado na página de
    quadrinhos com o passo cambaleante que
    os estúpidos guardam para
    a hora do angelus[24]
eu creio que confundimos todos inclusive o
    sétimo agente que é sem dúvida o único
    em quem ainda funciona o radar

até agora meu delito não tem outro chiado que
    meu silabado pensamento
na realidade caminho meu último álibi

porém antônio é outra coisa
a esta altura sua dissimulação tem a categoria de
    uma linguagem
em sua pachorra há um subsolo de alertas
    precauções e astúcias seguramente
    aprendidas no medo no alarme na
    iminência
seus nervos tendões ligamentos e princípios
    funcionam com a mesma precisão ante
    uma paisagem de névoa e ante uma
    rajada de metralhadora

---

24 ANGELUS: oração que se reza três vezes ao dia (6h, 12h e 18h) em honra à Virgem Maria.

quando toma seu táxi e o vejo se afastar com o
    cabelo triste e a nuca desigual advirto
    que nunca esquecerei nossa recente
    conversação monossilábica

às oito e cinco tomo meu táxi
digo serenamente o endereço que em seu
    momento apontei sobre um rosto sobre
    um vidro sobre uma parede com
    lamparinas
porém não chego longe
me estremece um receio que começa
    aproximadamente no estômago
suspeito que todo mundo conhece meu rumo
que todos os automobilistas seguem minha nuca

às cinco quadras desço me desculpo pago
    dou gorjeta caminho outras quatro quadras
    consigo outro táxi e digo outra vez
    serenamente porém um pouco menos o
    endereço que apontei em seu momento
    sobre um rosto sobre um vidro sobre
    uma parede com lamparinas
então começa a chover devagarinho
mais que uma chuva feita e direita é uma
    chuvinha por nascer e torcida
porém eu aqui a chamarei chuva
ou seja que a chuva põe entre parêntesis meu
    ridículo
e ainda que não molhe osvaldo puente
    compatriota que vai a salvo em uma
    mercedes benz preta e algo estropiada
molha sim meu ridículo
o amarrota o abranda

e não só meu ridículo
também meu aniversário se umedece se enfeia
e não consigo recompô-lo nem sequer
    recorrendo a meu nutrido stock de
    auto sarcasmos a minha copiosa e pessoal
    mitologia
que será a estas horas do coruja do flamingo
que será de você irmãzinha tão longe

já nem sei a que hora morreu o leão
menos ainda a que hora morreu a hiena

que pensaria neste instante o coruja se me
    visse embarcado
ele nada menos ele que no sistema apostou tudo
ou seja capital mulher filhos casa e futuro
a pobreza o alcança apenas como um mal odor
a injustiça lhe chega tênue como subentendida
    em uma notícia da united press
sempre soube onde está
    aproximadamente o bem e onde
    aproximadamente o mal
porém com a mesma aproximação sabe onde
    está bagdá ou a constelação de órion
a verdade é que tanto o quartel general do
    bem como o estado maior do mal
    foram várias vezes transladados
e claro qualquer um se confunde

mamãe flamingo deve se conservar como
    sempre instalada em sua ilhota de bem-estar
haveria que se buscar com lupa para encontrar
    uma maneira mais altruísta de exercer o
    egoísmo

irmãzinha a esta hora estarás em iowa city
           estado de iowa com sam teu ardente
           marido professor de creative writing
oxalá resulte boa pessoa
porque se não resulta você vai passar muito mal
por outro lado se é boa gente serão dois a
           passar mal e isso sempre reconforta
e além do mais que funcione bem na cama
porque tenho entendido que iowa city é um
           dos lugares mais chatos do mundo
           livre

às vezes me pergunto se poderás aguentar
às vezes te imagino com os olhos muito abertos
           tratando de ver terrivelmente longe
seria bom que agora me visses neste
           mercedes sob a chuva
porém não seria bom que me visses chegar

sam será o melhor dos mortais
porém eu não posso me acostumar assim sem mais a
           que te chamem mrs. clark
e nunca estarei seguro de que não dirás a ele e
           que ele por sua vez
por isso é melhor que feches os olhos irmãzinha
melhor que não olhes terrivelmente longe

tu sabes como eu gostei sempre de estar brincar
           falar contigo
graças a ti me reconciliava comigo mesmo
           depois de alguma jornada de especial
           frustração ou desalento
graças a ti não cuspia sobre a lei e os
           ladrilhos porque então me inspiravas ›

e me inspiras ainda um estranho e
confiado respeito
graças a ti convertia às vezes minhas raivas com
maiúscula em alegrias com minúscula
porque não sei se terás observado que as
melhores alegrias são as de formato
reduzido
e nada disto eu esqueci

porém não sei
tenho a impressão de que então
nos divertíamos com a morte com a
lástima
e em troca agora a lástima e a morte
trocaram de tamanho de valor de
proporções
então me perdoa irmãzinha
isto agora vai ser sério
hoje não olhes terrivelmente longe
hoje não revises nosso montevidéu
melhor fecha teus olhos de iowa city que oxalá
sigam tão compreensivos e profundos como
teus olhos do paso molino[25]

obrigado irmãzinha
agora que cerraste os olhos sim posso chegar
faz como oito quadras que não chove
porém ainda caem finos jorrinhos e grandes gotas
do invernal ossamento dos plátanos

outra vez pago e dou gorjeta e blasfemo contra
o mal tempo ›

---
25 **PASO MOLINO**: bairro de Montevidéu afastado do centro.

porém de pronto advirto que minha desenvoltura é
    tão desenvolta que pode se tornar
    suspeita
então assumo uma estranha tensão uma
    artificial seriedade
digo artificial porque esta seriedade cobre uma
    desenvoltura que por sua vez cobre outra
    seriedade
agora bem não sei o que acontecerá no dia em que
    pratique o definitivo strip-tease de minhas
    dissimulações
estou tão abrigado com meus disfarces psicológicos
    que no princípio não advirto como a noite
    de agosto vai me untando pacientemente
    com sua luz esmorecida e glacial

com a fronte úmida pelas goteiras das
    árvores e um suor anacrônico e
    inconfessável
com uma palpitação estúpida no peito tal
    como se granizos intempestivos caíssem
    regularmente em uma cisterna ou coração muito
    fundo
com a irreprimível suspeita de que alguém me
    vigia de certa ocultíssima fresta e
    sabe tudo acerca de mim desde isto que
    me está fazendo ruído nas tripas
    até a exata cor de meu aniversário
com um pouco de tosse a duras penas facilitada pelos
    brônquios como uma demonstração de
    boa vontade cenográfica
com um passo bem mais reacionário e
    supersticioso já que ainda evito pisar a
    junta dos ladrilhos ›

com um respeito quase místico pela contingência
com a palomita blanca[26] de troilo y grela enfiada
    desrespeitosamente entre as explicáveis
    rugas de meu cenho
com uma dorzinha suave e rangente na
    dobra do joelho
com uma recordação táctil de teu ombro luísa de
    teu ombro sardento e no entanto liso
com um âmago de emoção introduzido à força
    na cálida tutela da echarpe
com perguntas ainda e com respostas
    enigmáticas ou tumultuosas
bom com tudo isso sou apenas um personagem
    em rascunho

porém às oito e quarenta quando aperto por fim
    a campainha da casinha com o número 2134
nesse preciso instante sei que estou me
    passando a limpo
venha comigo diz uma mocinha que não é
    nem remotamente linda porém que sim será
    no dia em que omar shariff protagonize a
    falácia da virada sobre os inomináveis
tem umas panturrilhas musculosas e uns
    cotovelos redondos e lisos como rolamentos
te chamas juan ángel me comunica e este
    rápido escalão de intimidade acaba com minhas
    palpitações e suores

me chamo estela diz o comunicado número
    dois e começa morosamente a sorrir ›

---

26 **PALOMITA BLANCA**: título de tango tocado por Aníbal Troilo e Roberto Grela.

85

porém antes de que o sorriso se consolide nas
   comissuras tomo consciência desta
   primeira vicissitude
de modo que eu osvaldo puente compatriota
   me chamo na realidade juan ángel
emerjo do batismo como uma manobra de
   eugenia ou de uma operação de higiene
   onomástica

depois de tudo é bom ter sobre as
   costas trinta e três anos na hora
   de adquirir um nome
ou talvez meu ser verdadeiro e essencial seja um
   indivíduo mediano uma sorte de osvaldo
   mais juan ángel sobre dois
porém o melhor do novo nome é a falta de
   sobrenome que no fundo significa borrão e
   conta nova significa a herança ao poço
   o legado ao poço o patrimônio ao poço
   significa senhores liquido sobrenomes por
   conclusão de negócio significa declaro
   inaugurada uma modesta estirpe sou outro
   aleluia sou outro
o importante é que todos somos outros não só
   estela e juan ángel mas todos quer dizer luís
   ernesto e vera e marcos e domingo e
   olguita e pedro miguel e rosário
   e edmundo e hugo e victor
faz anos que conheço marcos porém nunca
   pensei que
tchê terás que ficar diz edmundo e se
   subentende que eu vinha disposto a
   ficar ›

a primeira vez será tranquilo diz victor porém
 ainda não sabemos se há de ser amanhã

aqui vem um amplo espaço em branco por
 motivos que não vale a pena mencionar

    e quando me tinham explicado tudo e quando
        memorizei tudo e quando estive seguro
        da rua que anotei na vesícula e do
        nome que consignei no pâncreas e da
        contrassenha que escrevi no esterno e
        da mensagem que registrei no baço e da
        notícia que apontei na tireoide
acabei então de me sentar no chão e afrouxei a
        gravata e o estômago e soube que estava
        prazerosamente cansado ou para ser mais
        exato morto de cansaço como se por
        fim alguém houvesse desatado todos os
        nós de meu sistema nervoso e de meu
        sistema cardiovascular e de meu sistema
        digestivo e de meu sistema linfático e até
        de meu sistema métrico decimal

então vem marcos e se joga no chão
        junto a mim porém com uma almofada entre
        a parede e a cabeça e como era previsível
        digo nunca pensei que
eu também não disse e fica calado uns dez
        minutos
depois começa a falar devagar como
        desmanchando as palavras como
        despojando-se conscientemente de toda
        astúcia

eu também não
e não vou te dizer que me horrorizava a
        violência
simplesmente carecia do impulso
tive que morrer para poder matar ›

já te explico
já te explico

eu vi quando mataram simón
simón era eu mesmo era meu irmão
tínhamos uma longa história em comum que era
    quase sanguínea ou seja que era muito
    melhor que sanguínea
com escalas no liceu no pingue pongue no
    futebol no quilombo inaugural na
    faculdade de química
no entanto
quando o crivaram eu estava ali só por
    azar
meses e meses que não falava com ele

diziam que havia passado à clandestinidade
porém a mim não me preocupava demais
    porque simón havia sido sempre um pouco
    clandestino
no amor por exemplo suas mulheres passavam
    furtivas por sua larguíssima cama porém
    nunca se acusavam entre si melhor
    mantinham uma tácita solidariedade de
    equipe só me traem com seus
    maridos dizia simón com relativa
    amargura
também era clandestino com seus credores
    que vinham normalmente em par um
    para vigiar a escada e outro para vigiar
    o elevador
porém simón tinha suas inexpugnáveis guaritas
    já que os maridos de suas mulheres o ›

apreciavam muito porque ele tinha assunto
para todos os interesses e todas as
vocações e sempre parecia que sabia
muito mais do que dizia quando na
realidade ignorava tudo menos o
vocabulário básico

não acreditarás porém apesar desse curriculum
de rufião simón era simplesmente
estupendo
generoso como uma formiga e modesto como
um búfalo e fiel como um urso colmeeiro
seu riso de trovão sempre chegava três
segundos depois de seu olhar
relâmpago
e não havia forma de ficar à margem
porque simón se jogava no assombro no
humor exatamente como depois se
jogou nas emboscadas
sua aventura não durava meses mas minutos
porém esses minutos eram sempre
estrondosamente decisivos
daí que quando passou à clandestinidade ninguém
pensou em motivações políticas mas em uma
obrigada hibernação

por isso essa tarde quando o vi vir com seu
traje de domingo em plena quinta
com uma cúpula de solenidade sobre suas
amontoadas alegrias
com seu passo de façanhas e seu cabelo de vento
com sua culpa na casa de um botão como para uma festa
sem balaços ›

com seu otimismo erótico baseado no que ele
    chamava suas conquistas sociais
quando vi vir o simón de sempre
meio legal e meio clandestino
pensei nos riscos verdadeiros de um
    monstruoso mal-entendido

porém não pude seguir pensando
o patrulheiro veio por trás
essa mula de tróia deslizou sem ruído graças
    à encosta
e desceram quatro brutamontes de ofício
e além do mais na rua havia outros quatro
e simón não pôde fazer nem brusco gesto
    para extrair um grito um insulto ou um
    revólver
não teve nem sequer o sagrado minuto que se
    reservam os afogados para repassar sua
    biografia aos borbotões
porque os quatro mais os outros quatro o
    crivaram sem problema
e simón foi derrubando-se aos poucos contra
    a vidraça da ótica onde seis polidas
    cabeças com óculos de sol e caros
    bifocais o olhavam sem poder crer no
    que olhavam

parece que seu último lampejo foi de bom
    perdedor
brevemente disse me foderam e ficou
    encolhido sobre seu bom sangue
como arrependido de haver posto na quinta
    seu traje de domingo ›

e sobretudo de havê-lo manchado tão
    injustamente e para sempre
eu estava perto o bastante como para sentir
    em mim mesmo seu declínio e no entanto
    longe demais para fazer algo mais que
    morder meus lábios
porém por isso sei como se cai
por isso tive que morrer para poder matar

no entanto não é fácil
já verás que não é

esses verdugos fétidos obscenos gostam
    de crer que alguém mata como eles com idôneo
    desfrute com crueldade esportiva
porém matar a um tipo qualquer tipo assim seja um
    sádico filho da puta um degenerado
    torturador é uma provinha sem fantasia é
    todo o contrário de uma proeza
no máximo é um amargo dever
há que se ter muita confiança na própria
    bússola há que se estar muito seguro da
    justiça que se quer muito seguro do
    amor ao próximo para apertar o gatilho do
    ódio contra o próximo
e isto é válido ainda que o próximo seja um
    enorme alcaguete que ferra por
    milímetros tua respiração e logo sejas
    tu quem apesar de tudo segue
    respirando

depois que alguém morre sim pode matar
enquanto a morte vai te chegando em ›

fotografias em hendecassílabos em mondo
can[27]e em últimas vontades em recordações
alheias em teletipo em listas de mártires em
discursos de viúvas
podes organizar perfeitamente tua tristeza
parafusar tua indignação acomodar-te em
tua vergonha
podes elevar tua solidariedade à altura de teus
cálculos mentais ou de tua secreção de
rancores
podes reforçar tua aposta ao dogma mais ou
menos escolhido
porém quando a morte não é uma citação ou um
relato ou uma figura um branco e negro
mas teu irmão se derrubando teu
verdadeiro semelhante com os rins
perfurados
só então podes escrupulosamente
desamar e até franquear pela primeira
vez certa fronteira que parecia distantíssima

isso disse marcos com uma almofada entre a
nuca e a parede
isso disse marcos triturando as sílabas e
acendendo várias vezes o mesmo
cigarro

às dez e vinte e cinco sobrevém um silêncio
que podemos encher a piacere
e ali nos meter pacientes abutres
seios pletóricos ›

---

27 MONDO CAN: referência a "Mundo cão", documentário italiano de 1962.

efígies oprobriosas de pacheco[28]
pó de sol
abelha nos alecrins
dos foros civis o gozo
pobre brigitte em pelo
velho rincão de turvos caferatas[29]
l'imagination prend le pouvoir
dois três muitos vietnã

em 1832 charles Darwin assombrou os
    cândidos povoadores de maldonado[30]
    mostrando-lhes uma bússola de bolso
cento e vinte anos depois tibor mende[31] admirou
    o extraordinário desenvolvimento de nossas
    empresas de pompas fúnebres
pela mesma época george mikes[32] comprovava
    estupefato que até os cavalos soltos
    nas ruas de montevidéu acatavam
    religiosamente os semáforos
hoje seguimos sendo um país desbussolado e
    pompafunesto que acata os semáforos

---

28 **PACHECO:** Jorge Pacheco Areco era o vice-presidente de Óscar Diego Gestido, que faleceu de um ataque cardíaco em 1967, no primeiro ano de sua gestão. Pacheco o substitui e permanece na presidência até 1972. No ano seguinte, Juan María Bordaberry assume o poder via voto popular, dissolve o parlamento e se torna ditador.
29 **CAFERATAS:** título de tango cantado por Carlos Gardel.
30 **MALDONADO:** baía uruguaia famosa por ter recebido a visita do naturalista Charles Darwin.
31 **TIBOR MENDE:** jornalista francês nascido na Hungria que se especializou em políticas do terceiro mundo, sendo um dos principais críticos do programa de ajuda ao desenvolvimento promovido pela Organização para a Cooperação e Desenvolvimento Econômico (OCDE).
32 **GEORGE MIKES:** jornalista britânico nascido na Hungria que era conhecido por fazer críticas bem humoradas à política europeia.

ah se precisa muito e pesado silêncio para dar
   à luz semelhante idiotice
sobretudo se se cerram os olhos e se pensa com
   toda a calma e a lucidez possíveis neste
   povo ingenuamente dúctil com
   normais testículos e normais ovários
   que começa a sair de seu intumescimento
   de sua letargia histórica
é verdade que seu repouso fatal data daqueles
   capítulos em que mumificamos nossos
   melhores mortos
é necessário que primeiro comecem a se mover
   as articulações de artigas[33] de varela de
   saravia de batlle de barrett[34]
compreender a pé firme não seus triunfos mas
   suas frustrações porque acaso suas
   corajosas vitórias foram perecedoras e
   em troca a lição permanente nasça de
   suas decepções de seus malogros ou seja de suas
   confianças mais generosas
 compreender a pé firme e sem se render que o
   grande e obnubilado passado a grande e
   inexpugnável democracia foi sobretudo
   uma querida fábula mas também um longo
   fingimento uma manhosa postergação

algum dia teremos que nos enfrentar com os
   monumentos da urbana glória levar
   junto a eles nossas cadeiras nossos ›

---

33 **ARTIGAS:** político uruguaio já referenciado na nota 12.
34 **VARELA, SARAVIA, BATLLE E BARRETT:** Pedro Varela, Aparício Saraiva, José Pablo Torcuato Batlle Ordóñez e Rafael Barrett foram históricos políticos uruguaios que em algum momento, e por motivos diversos, comandaram o país, ainda que não tivessem sido eleitos para isso.

assentos nossas poltronas e nossos
tamboretes e nos sentar muito tranquilos e sem
pressa para dialogar com eles para discutir com eles
e como resultado desse longuíssimo papo dessa
imprescindível atualização talvez
fiquemos sem monumentos porque
uns tipos resultarão tão mas tão
grandes que não caberão em um dólmen ou
um menir nem sequer na mais robusta
das pirâmides e outros tipos contudo
resultarão tão crápulas ou tão
mesquinhos que dê e sobre para
deixar-lhes um cardo no sepulcro
além do mais imaginem que linda ficaria a cidade
sem monumentos
ou seja sem carroça nem gaúcho nem diligência nem
vigilantes nem entrevero

verdade que seria macanudo ir ao botânico e
escolher a araucária mais nobre e a mais
robusta a mais idosa
e em uma cerimônia tão simples que nem sequer
fosse cerimônia
dizer ou pensar ou inventar que daí em
diante esse haveria de ser nosso único
monumento a artigas

depois de tudo o companheiro josé gervasio
teve uma dignidade quase vegetal

e já que a alucinação vem premiada
por que não imaginar uma cidade sem farejadores
sem metropolitana[35] nem polícias roubando ›

---

35 **METROPOLITANA:** centro clandestino de detenção, tortura e abusos sexuais da polícia uruguaia localizado na região central de Montevidéu. Grande parte das vítimas eram trabalhadoras sindicalizadas e estudantes da capital uruguaia.

por que não imaginar uma cidade sem crueldade
    nem retórica
sobretudo sem retórica da crueldade
por que não imaginar uma cidade impossível
bom nessa empresa estamos
justamente em fazer possíveis uma cidade um
    país impossíveis
dizem os entendidos que sempre fomos um
    estado tampão
vamos destampemo-nos a nós mesmos
deixemos que se evapore o fedor de egoísmo que
    nos condena a uma mediocridade imóvel

nesta empresa estamos
quero pensar as ruas na celebração que
    baila em um futuro imune
quero pensar a multidão subitamente
    dignificada por sua vanguarda
quero escutar esse desafinado canto de amor
    coletivo
quero enroupar-me em seu clamor
quero sonhar que o povo sai de suas
    madrigueiras das lojinhas dos porões
    dos esgotos das cavernas dos
    galpões dos desvãos dos
    cantegriles[36] do opressor anonimato
quero imaginar-me recordando esta vontade
    de imaginar-me recordando esta vontade
    de imaginar
quero completar este aniversário porém trilhando
    uma geografia imerso numa ›

---

36 **CANTEGRILES**: nome dado às favelas que cercam Montevidéu e outras cidades do Uruguai. Trata-se de uma nomeação irônica, pois Cantegril também é um dos bairros mais caros do famoso balneário uruguaio Punta del Este.

        temperatura que sinta que sintamos
        gloriosamente nossas minhas
quero ser consciente de que neste projeto
        anoto não só meus afãs modestamente
        cívicos como também minha cafonice ao
        natural minha cafonice sem distorção tal
        como me sai dos rins tal como
        evidentemente deve ser antes de
        se converter em tropo em alegoria em
        manifesto em parágrafo sensato

quero ser sobretudo consciente de que eu
        não darei a mínima que alguém ou que
        muitos me avisem provisoriamente
porque desde já estou seguro de que chegará o
        momento em que a bandeira subirá
        lentamente em seu mastro e então sei que
        vou chorar com discrição com todo o pranto
        que agora tenho provisionalmente
        congelado e não farei o menor esforço por
        me conter nem porei condições para o
        pranto
porque este triz de vitória incluirá uma
        minuciosa escalada de derrotas incluirá
        a insegurança de hoje e para marcos
        incluirá a morte de simón e para mim
        quem sabe a de quem

há que esperar
porém esperar com os penhascos da
        paciência e todos os liquens da astúcia
atentos como cães de caça ao que ocorre na
        suspeita casa do vizinho e também ›

nos antípodas já que o mundo tem
hoje canais misteriosos roteiros
clandestinos influências cruzadas e o
vietnamita selvagemente torturado que
aguenta sem falar e morre sem falar não
só está salvando seus camaradas
também nos salva a nós e sempre
haverá que recordar que morreu sem
haver nos delatado

há que esperar é claro
porém entocados

queres café pergunta estela
marcos dormiu sobre sua própria
    mandíbula
porém eu sim quero café

estás nervoso pergunta estela
na realidade estou muito mais que nervoso
estou tranquilo

sabes manejar uma arma pergunta estela
sei manejar uma arma porém me dá vergonha
    dizer quando e por que aprendi
foi há muito tempo quando o marido ultrajado
    andou buscando-me com intenções
    castradoras
minha única desculpa é que o tipo era quase um
    oligarca e por acréscimo alguém antes de tudo
    depreciável e sua mulherzinha por outro lado era
    uma maravilha porém compreendo que é
    muito pobre desculpa

estela usa agora calças de brim e uma
    blusa verde ou quiçá já as usava quando
    me abriu a porta
gostaria de manter com ela uma prolongada
    conversação em paz e na que não se
falasse de desenvolvimento técnico nem desenvolvimento
político nem formação de quadros militares
mas do último filme de glauber
rocha[37] ou da graduação de arquiteto que não
terminou ou dos cinco filhos que quis
    ter
é verdade não se pode fazer uma revolução
    sem elas
lhes custa um pouco deixar as caçarolas os
    rolos o ferro as aulas de corte e
    costura a revista cláudia os
    horóscopos
porém quando deixam atrás seu coração doméstico
    suas branduras completas então essas
    frágeis se voltam mais tenazes que um
    gladiador

senta um pouco lhe digo e ela obedece como
    uma sobrinha judiciosa
tem um olhar que sempre a redime
porém não pensem mal
a vejo com toda a camaradagem de que disponho
ainda que claro entre homem e mulher não existirá
    nunca uma camaradagem fisicamente pura
e por sérios e incomovíveis que sinceramente
    sejamos ou nos acreditemos ao menor descuido
    corre entre as pedras a lagartixa erótica ›

---

37 **GLAUBER ROCHA**: cineasta baiano muito conhecido por sua atuação no Cinema Novo. Perseguido pela ditadura militar brasileira, morreu em 1981 durante o exílio em Portugal.

porém não pensem mal
sentada no chão frente a marcos dormindo
    estela é uma imagem quase tão fraterna
    como minha irmãzinha de iowa city
    no entanto não lhe falo de meu aniversário
    seria introduzir nesta incomparável simplicidade
    um foguete de solenidade

então me vem uma pergunta
    como um pedaço do pobre céu raso
por que estou aqui ou seja
quando começou o êxodo
quando comecei a emigrar de osvaldo puente
    para exilar-me em juan ángel
qual foi o momento justo da tristeza
qual o mergulho da frustração
qual o instante de tocar fundo
quais a desordem e a nostalgia capazes
    de arrancar-me de minha babia[38] sacramental
como se gestou esse denominador comum de minhas
    aulas e confusões de meus respeitos e
    anemias de meus tampões e magias de meus
    ecos e piscadas de minhas cisternas e
    cornijas de meus basaltos e arrecifes de
    meus tuteios e reverências de minhas
    discrições e argúcias de meus vértices e
    calmas carnes
quiçá se foi formando aos pedacinhos ou
    aglomerando como corais
ou acaso é um problema de rumo fixo
    imutável retórico e um dia algo nos
    aparte um pouco da rota e outro dia outro ›

---

[38] BABIA: comarca espanhola que deu origem à expressão "estar em Babia", que significa estar distraído ou alheio ao que acontece ao seu redor.

      pouquinho e assim de deriva em deriva até
      que uma dessas derivas se converte em
      novo rumo nem fixo nem imutável nem
      retórico

para o bem ou para o mal minha memória não é um
      dicionário que eu possa consultar como
      gandaia de minhas insônias
de maneira que não saberia dizer quando
      exatamente começou este relaxamento
      sacrossanto este otimismo de corpo
      inteiro
sim poderia assegurar que alguém abre as janelas
      antes que a porta e vê a realidade como
      paisagem antes de que a paisagem dê a
      aldravada
e também que alguém pode ter uma grande
      experiência em sufocar batimentos em apagar
      fogueiras porém sempre se trata de danosas
      prorrogações e a grande experiência de pouco
      serve quando o coração e o cérebro
      começam a arder e o batimento se converte
      em pulso subterrâneo
a coisa fica realmente grave na noite em
      que essa tremedeira de consciência me
      impede de fazer amor com luísa nada
      menos
e aí mesmo tomo a decisão
se acabaram as contradições a dicotomia o
      conflito interior
algo evidentemente marcha mal
não é justo que o dialético entorpeça o
      erótico

e o que andava mal era a dúvida sobretudo
    porque não havia já dúvida possível
era a escuridão especialmente porque tudo
    estava claro
era a indecisão talvez porque no fundo
    estava decidido
era porquenão o medo e seu odor penetrante
    devido sobretudo à cabal certeza de
    que era necessário sobrepor-se a ele
e isto não é o suicídio
convém aclará-lo de uma vez por todas
a revolução não é jamais o suicídio
a revolução nem sequer é a morte
a revolução é a vida mais que nenhuma outra
    coisa
ainda que se possa morrer nela
ainda que se morra efetivamente
é a vida conjuro
a vida exorcismo
a vida sacrílega que profana a morte

inclusive quando se mata
quando se assume conscientemente semelhante
    calafrio
se mata como coação de vida
para tirar a morte do caminho

que instante pulsador esse em que alguém adivinha
que o povo
esse condenado à paciência perpétua
é nosso cúmplice

103

tal é mais ou menos a história
a vida paixão e morte de minhas conciliações e
    o nascimento de minha inconciliação

eh distraído diz estela não há que distrair-se
claro que não
os distraídos costumam oxidar-se
ou bocejar em pleno gás letal
ou divorciar-se da mulher amada
ou pôr o carbônico ao revés

estão além do mais os distraídos recônditos que
    quando tragam se esquecem de fechar a
    glote
e é claro os distraídos elétricos que em
    paz descansem

eu juan ángel compatriota de trinta e quatro
    temporadas não posso me distrair não tenho
    esse direito
noite e dia quero dar atenção
enclausurar o meu burguês com dupla chave
e vigiar pelo olho da fechadura
para ver como era como fui
verificar como meu burguês osvaldo puente
enclausura por sua vez sob dupla chave seu pretérito
    imperfeito
e vigia pelo olho da fechadura
para averiguar por fim como eram suas misérias

ou quiçá se trata de um erro lamentável
devo trazer meu burguês comigo
recomendar-lhe que venha com sua aceitável ›

biblioteca sua cultura geral sua má
consciência e até sua piedade de
porcaria
devo trazê-lo ao espetáculo
porém sem nenhuma vergonha de trazê-lo
devo educá-lo lentamente
porém sabendo de antemão que nunca o
alfabetizarei totalmente para a
imaginação social e muito menos para
o marxismo leninismo
sempre lhe ficará uma circunvolução
cerebral uma artéria subclávia uma corda
tendinosa que serão alfabetizadas para a
begriffslosigkeit[39] da forma e a
veräusserlichung[40] da relação
para meu burguês colocarei uma poltrona de viena na
sacada para que desfrute a paisagem ou leia
feliz dele proust e kafka enquanto eu
trabalho como um possuído ladeira acima
da justiça social
porém de todos modos ao anoitecer quando
volte para casa melhor dizendo arrebentado será
bom encontrar meu burguês
descansado e fresquinho e falar com ele
discutir litigar batalhar amistosamente
com ele
e uma noite que será memorável encontrá-lo
enredado já não na leitura de proust ou ›

---

39 BEGRIFFSLOSIGKEIT: conceito-chave para o entendimento da dialética da Negativa elaborada pelo filósofo alemão Theodor Adorno que significa "ausência de conceito".
40 VERÄUSSERLICHUNG: termo pensado por Karl Marx em "O capital". Pode significar tanto "externalização" como "alheamento", dizendo respeito à forma que se torna estranha ao seu suporte e, por se tornar estranha, converte-se em coisa e acarreta na coisificação da relação. Aproxima-se do conceito de "alienação".

de kafka mas de andré malraux e
fingir-me com certeza distraído
tudo isso sem conceber esperanças
desmesuradas porque claro meu burguês
também tem seus limites e nunca lerá
gente como fanon ou brecht

acaso ser homem de transição seja mais ou
menos isso
deixar que meu burguês
ainda que já não seja o dono da casa
expropriada
siga nela como hóspede
quer dizer que desde já possa prognosticar-se que
a morada ventilada e austera do homem
novo terá uma habitação menos que
a nossa

faz bem ver aqui uma cara nova
diz estela que agora usa saia cinza e
um pulôver vermelho
porém não o diz olhando para mim mas a agustín
que acaba de chegar com um baita susto

queres café pergunta estela como sempre
porém desta vez sou eu quem o serve ao novo
será que começo a sentir-me veterano

que longe estão luísa e jorge e andresito
barbaridade que complicação ser cabeça de
família
impossível fazer com os meninos o que faço com
meu burguês ›

não posso deixá-los na sacada
andam balas perdidas

luísa terás que esperar e conformar-te
ou esperar somente
na pior fizeste mal negócio comigo
na melhor acertaste para sempre

que maluquice
e que sorte
nascer nessa bagunça

de todos modos prefiro ter nascido agora e
        não quando os hunos assolavam os gauleses
agora o caos é mais espoliador que nesse
        velho então já que nixon é sem dúvida
        muito mais repugnante que átila
no entanto
frente às imundícies de nossa grosseira
        oligarquia duvido se não havia sido
        preferível acompanhar a crates métrocles e
        hiparquia quando revolviam o lixo de
        atenas

então por que estou aqui
creio havê-lo respondido em detalhe
mas por acaso vou resumir
estou aqui
por asco e entusiasmo

em meu citizen automatic e parawater são
        exatamente dez e cinquenta e cinco
        quando soa o disparo ›

o vidro do basculante se faz estilhaços a dois
    metros de marcos dormindo
e ante semelhante aleivosia do estrondo não
    tem outra alternativa que despertar
nunca antes no território nacional se
    pronunciaram tantas putarias a nível de
    sussurro

quando um minuto depois soa o segundo
    tiro que arrebenta a lamparina de setenta e
    cinco já todos sabemos a que nos ater e
    recebemos a má nova com o cenho
    franzido subitamente convertidos de
    eretas girafas em planíssimos lagartos
a mera precaução vai à porra
porém há contudo uma brutal formosura
    neste tapete de corpos estendidos
    ao deus dará
quiçá vocês tenham visto alguma vez um
    espetáculo segundo as regras de grotowski
bom se parece um pouco porém não é o mesmo

te seguiram idiota disse luis ernesto
    brutalmente a agustín
te seguiram cara diz por outro lado
    suavemente marcos e sorri com
    resignação
então pedro miguel se põe de joelhos e não
    é precisamente para rezar
tira a manta que cobre o baú e levanta a
    tampa porém esta discretíssima e leal
    não emite um chiado ›

pedro miguel tira os ferros e nós vamos nos
	passando como em um ritual ou como os
	operários da construção se passam os
	ladrilhos
a verdade é que o meu me pesa como não
	imaginei que pudesse me pesar
que aparato maldito
no entanto quando empunho o trinta e oito
	longo me passa integralmente o pasmo e
	me escorre a metade do medo

quando domingo e hugo respondem ao fogo
	das janelas laterais
tenho a impressão de que todos sabem que isto
	de algum modo estava calculado
se movem como seguindo as instruções
	de uma pantomima longamente
	ensaiada
todos menos agustín e eu que não seguimos
	nenhum livreto simplesmente
	improvisamos nossa inércia

te tocou antes do previsto diz em minha orelha
	edmundo o taciturno
e de pronto em meio ao férreo silêncio e à
	fosforescente escuridão
admito para mim mesmo que é assim
antes do previsto eh
antes do previsto há injúrias providência
	estremecimentos e muitas sortes que decidem
	por mim ›

antes do previsto há raivas de meus iguais
    burradas de meus inimigos armadilhas da
    noite cadeias saturninas passadas
    invisíveis rancores monocórdios
    impaciências errantes que decidem por mim
antes do previsto há ausências perpétuas
    prantos empedernidos visões e visões
    que decidem por mim
assim enquanto uns e outros nos passamos
    projéteis e bufantes[41]
inicio cautelosamenre a jubilação de meu narciso
pobre narciso a morte está aí fora com sua
    diáfana contundente metralhadora
te espera maternal e reacionária
tentando-te com todos seus gatos e presságios

antes do previsto
oh gemebundo
eu decido por ti
e te jubilo

na realidade este momento é propício para quase
    tudo
quando alguém se encontra tão cercado se
    torna repentinamente livre
é o instante de contrabandear até os
    remorsos mais secretos
e ansiar as doces barbaridades que nos
    ficaram no tinteiro
e nos maldizer por haver economizado inutilmente
    nosso sêmen frutuoso ›

---

41 **BUFANTES**: gíria para armas ou, mais especificamente, pistolas.

e não haver beijado mais mulheres na idade
　　em que nada há de tão importante como
　　beijar mulheres
e nos execrar por não nos haver estabelecido para
　　sempre em algum sonho desses bons
　　com desafogos e ternas astúcias e
　　mburucujás[42] em flor e tapetes voadores
　　e brinquedos insólitos e mamilos
　　hospitaleiros e almofadas de
　　convalescente e longas longas pernas-de-pau
e cheirar pela primeira vez o odor ácido da
　　morte porém também o escandaloso
　　aroma da ressurreição
e aceitar com restrito fervor essa grande loteria à
　　intempérie que é a justiça imanente
e aceitar assim mesmo outros recursos não menos
　　desesperados
e recordar de pronto falsas maravilhas tais
　　como gerânios diavolôs beija-flores
　　meccanos umbigos cachimbos sanguessugas
　　alicates piranhas gramofones candeeiros e
　　outros infantis motivos de estupor que o
　　tempo do adulto desprezo se
　　encarregou logo de pôr em seu lugar
e nos reconciliar com a facílima improvisação
　　aborígene que depois de tudo resulta
　　menos lutuosa que o premeditado saque
　　dos banqueiros manhattianos
e reduzir a sua anã dimensão a glória
　　chantageada dos padrastos da pátria

---

42 **MBURUCUJÁS**: nome guarani para "passiflora". É considerada a flor nacional do Paraguai.

sim agora estou seguro de que isto estava de
    algum modo calculado
porém agustín e eu somos recém-chegados a
    semelhante soçobro instituído
e portanto ignoramos se este alcança sua
    temperatura cotidiana e normal ou pelo
    contrário se trata de uma febre com
    exceção

também falta saber se o acaso nos predestina ou
    pós-destina

neste aniversário que programei em seu
    arbítrio geral porém não em seus meandros
neste aniversário que acaso seja o resultado
    carnal de uma operação cibernética
sinto por um instante
quiçá por um instante de fraqueza
certa saudade de mamãe e seu sorriso quieto
de seus delgados braços cor de flamingo
que lá longe lá cedo vinham para dizer para
    voar
para romper o champanhe sobre o barco do ano

e assim mesmo saudade de papai coruja
ele sabia que minhas desculpas em rigor eram
    catástrofes
e que em minhas viagens ao redor do travesseiro
também partir era morrer um pouco
que debaixo de minhas lágrimas havia um chão
    pedregoso
e debaixo da pedra uma marmita de pranto

porém não vejo essas imagens como algo que me
    passou hoje cedo nesta vida única
    senão como diapositivos em cores de um passado
        sem volta
    ainda sou capaz de admirar esse consolo
    porém no fundo estou tão longe disso como de
        um ramalhete de não-me-esqueças ou de um
        trem da transatlântica ou da
        alvorada do gracioso[43]

nesta repentina penumbra da revolução
    me fiz duro
porém não tenho por que mentir para mim à força de
    desânimos
me fiz duro porque não há outro método
    para adquirir a bondade
me tornei culpado porque não há outra
    maneira de ser inocente
já não vale rezar dez painossos e três
    avemarias
os pecados veniais são agora plausíveis
    martírios
os pecados mortais podem chegar a ser
    heroísmos de emergência
o coruja e o flamingo já não são meus presságios
    nem meu jubileu
senão apenas minhas queridas relíquias

sinto por outro lado uma breve saudade do velho
    baldomero
gostaria de tê-lo à mão para lhe comunicar
    meu achado mais recente ›

---

43 **ALVORADA DO GRACIOSO**: título de peça de orquesta Aubade du bouffon, elaborada pelo compositor francês Maurice Ravel.

descobri que faz pelo menos três
    minutos que não tenho medo

claro que ele me diria
não há possível exorcismo
ninguém se livra
a única fórmula é assumir o mal
digerir o mal
e até ajudá-lo com um bom laxante

saudade porém breve
porque baldomero era um refúgio
um agradável refúgio de bondade passiva
nada mais nada menos
o velho sapateiro era um estranho anarco que
    não falava de kropotkin a seco senão do
    príncipe kropotkin
se referia ao comitê executivo de narodnaya
    volya com uma familiaridade desconcertante
sabia escrever de um tiro e sem um só erro
    os nomes de chernyshevsky zhelyabov
    perovskaya e osinski
e em seu relato o episódio de chicago era tão
    fascinante como uma boa aventura de
    sandokan

como frequentemente acontece com os
    decoradores da história
seu único déficit era de imaginação

agora eu teria elementos para lhe dizer que
    há possível conjuro ›

que a revolução é depois de tudo um
aceitável exorcismo
que admitir ou anunciar que ninguém se livra é
um pobre edital da misantropia
que é mais justo dizer por exemplo se não há
pátria para todos não haverá pátria para
nenhum
o curioso é que este denso restolho de
recordações genuínas e recordações possíveis
cabe em quatro lampejos
apertá-lo em palavras significa de algum modo
desvirtuar suas rajadas de urgente lucidez
são memórias de tamanho natural que nascem
crescem e estalam em um só minuto
fértil

e agora o quê
é olga a que se atreve a murmurá-lo porém são
vários os que trançam e destrançam a
pergunta
e agora o quê
também eu me pergunto e ainda que pareça
incrível desfruto da novidade com minha
falta de hábito

ainda não nos caçaram diz marcos com
gravidade de caçador
porém desta vez teremos que usar os esgotos

os esgotos isso mesmo nada mais natural
salvo que não te animes
mas claro que me animo
não te preocupes pelo mal cheiro são ossos do
ofício

ah mas os esgotos
decididamente não posso imaginá-los
quiçá seja esta a verdadeira integração em
    escala nacional
brancos e colorados
chimangos e maragatos
manirrotos e austeros
escreventes e chefes
todos confluem no imundo e ecumênico
    canal

uma lagoa estígia do subdesenvolvimento
isso há de ser
com as entranhas da elite permissiva
as babas doces da oligarquia
as provas da infâmia e outros preservativos
as fezes nacionais e internacionais
orpade[44] sip[45] andebu[46] e demais incunábulos da
    sarnateca
as esquálidas sobras da legalidade
os lodosos detritos do proibido
os fetos da agência central de inteligência
as poluções noturnas do ministro
as dejeções do subsecretário

de modo que os esgotos
alguma vez os ouvi mencionar como a rede
    cloacal que por certo é um modo mais ›

---

44 **ORPADE**: sigla referente à Organização de Padres Democratas, criada em 1962 e extinta em 1973, com o golpe militar uruguaio.
45 **SIP**: sigla referente à Sociedade Interamericana de Imprensa.
46 **ANDEBU**: sigla referente à Associação Nacional de Broadcasters Uruguaios. Trata-se de uma entidade empresarial que agrupa e representa as empresas de rádio e TV do Uruguai.

terno e burocrático de dizer seu santo
nome em vão
porém nunca me detive para pensar em seu aspecto
sua emanação sua temperatura sua pouca ou
muita luz sua condição de escape ou
ratoeira
se pelo menos me achasse em plena digestão
freudiana poderia dizer que a rede cloacal
é o subconsciente da cidade
porém para nós é antes que nada uma
formidável artimanha e não teremos
tempo de lhe inventar símbolos

vão descendo diz marcos eu fico para
cobrir a retirada
para estar sozinho o bastante com teus cigarros
hugo e minhas inquinações
com minha sorte de pressentimentos
com o desperdício de suas rajadas
com o bafo de seu medo autoritário

nada de poréns diz marcos
alguém tem que ficar
com uns poucos tiros os aguento até o
amanhecer que é quando sua segurança
começa a bocejar
deixem-me algum pano branco para quando
chegue o momento de capitular e
mentir-lhes me rendo
vão tranquilos
não pretendo atirar para matar nem lhes arruinar o
calunário ›

então quando me entregar os milicos
    terão o sangue doce e poderão
    me escarnecer como uma maneira de
    exercer seu perdão
nada de poréns
arranquem de uma vez

agora a incerteza foi passada a
    limpo
pedro miguel e olga separam o linóleo
estela nos entrega radiantes lanternas e
    também seus olhares verdes e pesarosos
em troca nenhum de nós olha para marcos
que sim nos olha a todos
porém o silêncio escuro repete oxalá possas
oxalá possas contigo e com os outros
e além do mais chegues a envelhecer para narrar
    bem solto essa façanha acinzentada
oxalá vivas para te sentires levemente doído pela
    obrigatória incompreensão do próximo e
    até por sua boa vontade de
    te compreender
oxalá vivas para não nos esquecer
oxalá vivas marcos

edmundo abre a armadilha
boca de um desdentado crocodilo
buraco quebrado nada profissional
um poço simplesmente
apenas o vestíbulo do sumidouro pátrio

palestra número um
se podemos converter um esgoto na rota de
    acesso ao arbítrio ›

como não vamos poder transformar esta panelinha
de frustração em um país de verdade

você primeiro edmundo diz marcos
o taciturno morre nasce diz tchau sem pompa e
 sem enigma
oxalá vivas marcos
e se perde no poço

pedro miguel o abraça apreensivo e indeciso
em sua lupa de míope permanece imóvel uma
 melancólica decisão
é verossímil que neste instante soe em seus
 ouvidos uma toada simples e recordatória
quiçá uma vidalita[47]
oxalá vivas marcos
e se perde no poço

olga o beija e chora e exorciza futuros
condenada a não ser indiferente tem as mãos
 prontas para pegar
por isso se lhe secam as lágrimas de sal
oxalá vivas marcos
e se perde no poço

por esta vez domingo o abraça sem tocá-lo
não é que se tenha esquecido de trazer o coração
senão que seu coração necessita distância
oxalá vivas marcos
e se perde no poço

---
47 **VIDALITA**: termo usado para designar canções populares que possuem, geralmente, tema amoroso e triste e que são cantadas com acompanhamento de um violão.

119

agustín não se atreve a sentir-se em pecado
se enruga o cenho é só para sacudir a
    culpa inocente
o curioso é que não se esconde detrás senão
    na frente de sua inexperiência
oxalá vivas marcos
e se perde no poço

luís ernesto o envolve em seu afeto tentáculo
por vezes parece um bom ladrão do cinema
    mudo
certeza que é um fiel um pátria ou morte
oxalá vivas marcos
e se perde no poço

vera se sobrepõe e o beija nas bochechas
é fraca consumida a mulher pavio
a minúscula chama está em seus olhos
oxalá vivas marcos
e se perde no poço

hugo o abraça quase paternalmente
porém de sua voz despreocupada não gosto
será que estamos condenados ao receio
oxalá vivas marcos
e se perde no poço

víctor o abraça como sabendo de algo
por exemplo que isto é irrepetível
por exemplo que voltará a ocorrer
oxalá vivas marcos
e se perde no poço

rosário o acaricia com seu adeus pacífico
tem um ar aprendiz um rubor de surpresa
com seus lábios finitos é fácil a inocência
oxalá vivas marcos
e se perde no poço

estela é a única que o beija na boca
com medo com direito com costume
se demora um segundo para fundar lembranças
oxalá vivas marcos
e se perde no poço

juan ángel compatriota
por azar sou o último

quando marcos me olha não sei como faz
para sorrir e também estar sério
digo
por dizer algo
sabes é meu aniversário

tenho vergonha e pena e esperança
confesso trinta e cinco
porém também são vinte
dezessete
catorze

não sei não sei como faz
para sorrir e também estar sério

já são quase doze
outra rajada rompe o basculante pequeno o do
pátio de trás ›

a resposta de marcos é um disparo isolado
            um tiro quase alegre

me olha sem perguntas
não diz parabéns pra você
ainda que pudesse dizê-lo

generoso como uma formiga
modesto como um búfalo
fiel como um urso colmeeiro

artigo único
posterga-se toda emoção suntuária até
            quarenta e oito horas depois da
            vitória

oxalá vivas marcos
e me perco no poço

La Habana, março a novembro de 1970

POSFÁCIO
POR UMA POÉTICA DA CLANDESTINIDADE
André Aires e Paulo Lannes

No centro da capa, a figura de um homem parece bailar um tango em torno de outros dois homens uniformizados. Se estes por acaso querem capturá-lo, então o homem na verdade tenta desvencilhar-se da mão pesada e muitas vezes violenta da autoridade. Seu rosto é inspirado em Raúl Sendic, líder do Movimento de Libertação Nacional Tupamaros, de guerrilha urbana, que combatia ferozmente o avanço da política de direita que ameaçava a democracia do Uruguai na década de 1960. É a ele que Mario Benedetti dedica *O aniversário de Juan Ángel*.

Raúl Sendic também está no centro da história e inspira o narrador-protagonista, Osvaldo Puente, que adota Juan Ángel como nome de guerra. Ele é um jovem oriundo da nova classe média uruguaia, deslumbrada com o recente acesso à grande quantidade de produtos supérfluos do mundo todo, mas também alienada da condição política do país. Puente realiza um monólogo poderoso ao longo das 120 páginas deste que é o romance mais poético e político de Mario Benedetti. Escrito em 1971, carrega hoje também um tom de profecia por antever a chegada da ditadura militar que só viria a tomar o Uruguai dois anos depois.

Escrito em versos que mais remetem a uma voz interrompida, o texto parece funcionar como uma câmera que fotografa rápida e constantemente cada uma das ações do personagem, acabando por "captar movimentos, críticas, conquistas, contradições, carências e os vai-e-vem da sociedade"[1] que tanto Benedetti anunciava ter necessidade de evidenciar. E o que ele capta? Entre os brinquedos da infância, o primeiro amor e o trabalho no escritório, revela-se o processo de destruição de uma consciência individualista, promovida pelos ideais alienantes de uma classe média emergente nos anos de pós-guerra em prol de um compromisso social utópico. O protagonista atônito com a realidade da vida que se descortina diante de seus olhos recheia o enredo de imagens visionárias.

O texto, embora ficcional, é carregado de toques de realidade, pontuando referências culturais do Uruguai nas canções de roda infantis, nos tangos sentimentais e nos locais característicos de Montevidéu, muitos deles famosos até hoje, como o bar Sportman, sabidamente frequentado pelo próprio autor. Chega mesmo a inserir uma famosa fuga de guerrilheiros por meio da rede de esgoto da capital uruguaia[2], o que custou a inserção de Benedetti em uma lista de pessoas consideradas perigosas pela polícia uruguaia por apoiar terroristas – obrigando-o a um longo e definitivo exílio logo após a dissolução do parlamento e a percepção de que não havia mais democracia em seu país. O mundo do criador se descortina para o leitor.

---

1 Fala do próprio autor presente no livro "Mario Benedetti: detrás de un vidrio claro", de Hugo Alfaro, publicado pela editora Trilce, em 1986.
2 Em 1971, 106 guerrilheiros do Tupamaros e mais cinco presos comuns escaparam do Penal de Punta Carretas, pelo esgoto, em uma espetacular e arriscadíssima ação organizada pelo engenheiro civil Jorge Amílcar Lluberas. Entre os foragidos estavam Raúl Sendic e Pepe Mujica (eleito presidente do Uruguai em 2010). Nenhum deles foi recapturado.

A história é narrada a partir de dois marcadores temporais. O primeiro deles, que mais se destaca, é que conhecemos as impressões pessoais do protagonista por meio de quinze celebrações de seus aniversários, sendo a primeira aos oito anos e a última aos trinta e cinco. A infância, no entanto, embora seja um momento de curiosidade, despreocupação e experiências sensoriais, não deixa o sabor romantizado de quem adora o passado e se ressente da burocratização da vida. Isso acontece por conta do segundo marcador temporal: o relógio. Osvaldo Puente narra tudo no presente da ação, como se fosse envelhecendo à medida que passam as horas de um único dia, o do seu aniversário – das 7h50 à quase meia-noite. O transcorrer da vida parece ser medido por festas – umas mais alegres que outras – e também por uma revolução do sol que nasce em sua infância e que se fortalece nos primeiros anos de sua vida adulta. Coincidentemente ou não, o entardecer surge conforme Osvaldo Puente toma consciência da opressão que invade sua vida íntima e a amada Montevidéu.

É o jogo entre a subjetividade da forma lírica e a objetividade da criação épica que permite que Mario Benedetti opere sobre a realidade, não de modo genérico, mas apoiando-se em um fenômeno na superfície da vida e penetrando nele até sua essência. Para alcançar esse efeito, Osvaldo Puente deve ser um protagonista absolutamente ativo, cuja vivacidade e carisma se manifestam em cada linha de seu relato emocionado e deleitoso. O resultado desse jogo dinâmico entre aparência e essência, fenômeno imediato e causalidade, subjetividade poética e objetividade narrativa é que Osvaldo Puente é um jovem cheio de vida e expectativa, enquanto Juan Ángel é o adulto que anseia por aquela antiga promessa de felicidade e, porque a persegue, também é perseguido.

E por ser político, o livro é carregado de frases apofânticas, ou seja, de proposição, cujas declarações pretendem ter valor de verdade, sendo ao mesmo tempo irônicas, sugerindo o contrário do que dizem. Porém, nada aqui se faz via manifesto, mas por meio da conscientização: o protagonista verifica que havia chegado "a hora da desmemória" e percebe que "há um momento em que minha civilização clama por minha barbárie". Reconhece, assim, a falsidade generalizada entre os adultos da família e vivencia o choque que a dura realidade da cidade lhe provoca. O relato põe em oposição dois momentos: o da vida confortável, cercada pela cultura pop, carregada de literatura canônica e música popular, e o das lembranças saudosas para um homem atento aos malefícios promovidos pelas instituições autoritárias, que afetam não só a realidade coletiva, como atingem o limite de adentrar sua vida particular. A resposta de Osvaldo Puente, Juan Ángel e Mario Benedetti para essa violação é a poesia.

E se a poesia pudesse também se infiltrar clandestinamente nas fendas da burocracia de uma agência bancária? De um casamento sem paixão? De uma luta infindável contra as forças históricas que sistematicamente tentam usurpar o poder para exercê-lo de modo autoritário e violento? O reflexo lírico de *O aniversário de Juan Ángel* é uma espécie de dança-sobrevivência, uma expressão artística da subjetividade inconformada, uma injeção de poesia no mundo prosaico, aborrecido e, tantas vezes, cruel. Uma afirmação à vida.

Apoiadores

O livro não seria possível sem os 1.070 apoiadores da campanha de financiamento coletivo realizada entre os meses de maio e junho na plataforma Catarse. A todos, um grande obrigado da equipe Pinard.

Adilene Virginio da Silva Costa
Adla Kellen Dionisio Sousa de Oliveira
Adonai Takeshi Ishimoto
Adriana Santos da Paz
Adriane Cristini de Paula Araújo
Adriano Augusto Vieira Leonel
Adriano Luiz Gatti
Adrielly Cardoso
Ágabo Araújo
Aimê de Souza Abílio
Aisha Morhy de Mendonça
Alas Coworking
Alba Elena Escalante Alvarez
Alberon de Lemos Gomes
Alberto Ferreira
Aleson Hernan Morais dos Santos
Alessandra Cristina Moreira de Magalhaes
Alessandra Garcia
Alessandro Lima
Alex Bastos
Alexandre Galhardi
Alexandre Oliveira
Alexsmárcio Mariano
Alice Antunes Fonseca
Alice Campos Barbosa de Sena
Alice Emanuele da Silva Alves
Alice M Marinho Rodrigues Lima
Aline Bona de Alencar Araripe
Aline Coutinho
Aline Helena Teixeira
Aline Khouri
Aline Santiago Veras
Aline T. K. M.
Alisson Guilherme Ferreira
Allangomes
Alyne Rosa
Alyson Monteiro Barbosa
Amanda Cardozo
Amanda Carvalho
Amanda de Almeida Perez
Amanda de Freitas Becker Cruz
Amanda Franco
Amanda Lacerda de Lacerda
Amanda Silva
Amanda Titoneli
Amanda Vasconcelos Brito

Amauri Caetano Campos
Amauri Silva Lima Filho
Ana Beatriz Aparecida Costa Valle
Ana Beatriz Mauá
Ana Carolina Almeida Manhães
Ana Carolina Bendlin
Ana Carolina Cassiano
Ana Carolina Cuofano Gomes da Silva
Ana Carolina de Almeida
Ana Carolina Macedo Tinós
Ana Carolina Oliveira de Andrade
Ana Carolina Ribeiro de Moraes
Ana Carolina Wagner Gouveia de Barros
Ana Claudia de Campos Godi
Ana Cláudia F. Terence
Ana Claudia Souza Barros
Ana Cristina Schilling
Ana Elisa de Oliveira Medrado Drawin
Ana Farias
Ana Julia Candea
Ana Karine de Sousa Dantas
Ana Ligyan de Sousa Lustosa Fortes do Rêgo
Ana Lucia da Silva Cunha
Ana Luisa Cruz
Ana Luísa Fernandes Fangueiro
Ana Luisa Simões Marques
Ana Luiza Furtado
Ana Luiza Lima Ferreira
Ana Luiza Vedovato
Ana Paula Antunes Ferreira
Ana Paula Cecon Calegari
Ana Paula D'Castro
Ana Paula Gomes Quintela
Ana Paula Magalhães Dos Santos

Ana Paula Manrique Amaral
Ana Lemos
Ana Vitória Baraldi
Anaí Verona
Anamelia Bísparo Araujo
Anastacia Cabo
Anderson Luis Nunes da Mata
André Felipe de Souza Nogueira
Andre Leone Mitidieri
André Luis de Oliveira
André Luis Machado Galvão
André Luiz de Souza
André Luiz Dias de Carvalho
Andre Molina Borges
André Natalini Dalla
Andrea Carla Pereira Cavalcan
Andréa Knabem
Andrea Lannes Souza
Andrea Pereira
Andrea Vogler da Silva
Andreia Hastenteufel
Andressa Merces Reis Silva
Angélica Ribeiro
Angélica Salado
Angelo Defanti
Anna Clara Ribeiro Novato
Anna Gabriella Munhoz da Silva
Anna Laura Gomes de Freitas
Anna Raissa Guedes Vieira
Anna Regina Sarmento Rocha
Anna Samyra Oliveira Paiva
Anna Teresa Penalber
Anne Novaes
Annie Figueiredo

Antonia Mendes
Antônio Carmo Ferreira
Antonio Vilamarque Carnauba de Sousa
Aparecida de Sousa Caldas
Aparecida Sardinha Sayão
Araceli Maria Alves Silva
Arianne Martins Borges
Arianni Ginadaio
Arthur Sentomo Gama Santos
Artur Pereira Cunha
Augusto Bello Zorzi
Augusto César
Augusto Lima de Freitas
Barbara Krauss
Barbara Salgueiro de Abreu
Bárbara Ximenes Vitoriano
Beatriz Astolphi
Beatriz Ayres
Beatriz de Araujo Mourão
Beatriz Fernandes Pipino
Beatriz Marouelli
Beatriz Mian
Beatriz Schmidt Campos
Bernardo de Castro
Berttoni Cláudio Licarião
Bete Brum
Bianca da Hora
Bianca Ghiggino
Brenda Cardoso de Castro
Brenda Fernández
Breno Botelho Vieira da Silva
Bruce Bezerra Torres
Bruna Antonieta Vieira
Bruna Cruz

Bruna Garrido
Bruna Goulart
Bruna Helena Pereira Junqueira
Bruna Silveira
Bruna Traversaro
Brunno Victor Freitas Cunha
Bruno Brasil
Bruno Bucis Ribeiro Pereira
Bruno Capelas
Bruno Ferrari
Bruno Figueiredo Caceres
Bruno Fiuza
Bruno Henrique Cristal Claudino
Bruno Koga
Bruno Lins da Costa Borges
Bruno Martins
Bruno Mattos
Bruno Miranda e Silva
Bruno Moulin
Bruno Novaes Bezerra Cavalcanti
Bruno Pinto Soares
Bruno Schoenwetter
Bruno Taveira da Silva Alves
Bruno Velloso
Bruno Wanzeler da Cruz
Caio Henrique Vicente Romero
Caio Pereira Coelho
Camila Aires
Camila Barreto Bustamante Vincenti
Camila Dias
Camila Dias de Nascimento
Camila dos Santos Magalhães
Camila Martins Varão
Camila Melluso Ferreira

Camila Menezes Souza Campelo
Camila Nascimento Maia
Camila Oliveira Giacometo
Camila Soares Lippi
Camila Szabo
Carina Moura Valença
Carla Cafaro da Silva
Carla Curty do Nascimento
Maravilha Pereira
Carla Nogueira
Carla Ribeiro
Carla Santos Zobaran Ferreira
Carlos Eduardo Azevedo Pimenta
Carolina Almeida Prado
Carolina Araújo
Carolina Cattani
Carolina Cunha
Carolina de Oliveira Vieira
Carolina Delmaestro
Carolina Giglio
Carolina Giordano Bergmann
Carolina Rodrigues
Carolina Silva Miranda
Carolina Talarico
Carolina Vieira
Caroline Camargo Borba
Caroline Domingos de Souza
Caroline Rodrigues
Caroline Rodrigues Gonzalez
Caroline Santos Neves
Cássio Mônaco da Silva Watanabe
Catarine Arosti
Catharina Mattavelli Costa

Catharino Pereira dos Santos
Cátia Vieira Moraes
Cauê Bueno
Cecilia Lopes
Cecília Santos Costa
Celso Correa Pinto de Castro
Cesar Lopes Aguiar
Charles Cooper
Christian Lucas Cunha Silva
Christianne Pessoa
Cíntia Garbin
Cíntia Zoya Nunes
Clarice Mota
Claudia Avila Klein
Cláudia Lamego
Claudia Sarpi
Clésio Moacir S. Júnior
Conrado Ros Peixoto
Crístian S. Paiva
Cristiane Weber
Cristina Rieth
Cynara Pádua Oliveira
Cynthia Valéria Conceição Aires
Cyntia Micsik Rodrigues
Dafne Takano da Rocha
Daniel Baz dos Santos
Daniel Cunha
Daniel Falkemback Ribeiro
Daniel Machado dos Santos Maia
Daniel Melo Muller
Daniel Tomaz de Sousa
Daniela Balestrin
Daniela Cabral Dias de Carvalho

Daniela da Rocha Lacerda Barros
Daniela Lêmes
Daniela Lilge
Daniela Maia
Daniele Alencar
Daniele Cristina Godoy Gomes de Andrade
Daniele Oliveira Damacena
Danielle Veras Pearce Marçal Lima
Danielle Yumi Suguiama
Danila Cristina Belchior
Danilo Albuquerque Mendes Castro
Danilo Panda Prado
Dannilo Pires Fernandes
Dario Alberto de Andrade Filho
Darla Gonçalves Monteiro da Silva
Darwin Oliveira
Davi Boaventura
Davi Ribas Novais
Débora Andrade
Débora Beck Machado
Débora Mayumi Kano
Debora Melo
Debora Sader
Deborah Marconcini Bittar
Denise Amazonas
Denise Maria Souza João
Denise Marinho Cardoso
Denise Veloso Pinto
Desidério de Oliveira Fraga Neto
Diego Domingos
Dieguito
Dillner Gustavo Gomes Silva

Dilma Maria Ferreira De Souza
Diogo de Andrade
Diogo Ferreira Da Rocha
Diogo Gomes
Diogo Neves
Diogo Souza Madeira
Diogo Souza Santos
Diogo Vasconcelos Barros Cronemberger
Dk Correia
Durmar Ferreira Martins
Edelvis Marta de Araujo Almeida
Edielton de Paula
Editora Moinhos Ltda
Edson Cordeiro do Nascimento
Eduardo Almeida
Eduardo Crepaldi
Eduardo da Mata
Eduardo Oikawa Lopes
Eduardo Rafael Miranda Feitoza
Eduardo Rodrigues Ferreira
Eduardo Sanches
Eduardo Vasconcelos
Eliana Maria de Oliveira
Elizabeth Diogo Gonçalves
Eliziane de Sousa Oliveira
Eloiza Cirne
Elton Alves do Nascimento
Emanuel Fonseca Lima
Emanuela Régia de Sousa Coelho
Emanuella Maranatha Félix dos Santos
Emerson Dylan Gomes Ribeiro
Emile Cardoso Andrade
Emilia Cremasco

- Emmanuel Feliphy
- Erica V. Soares Mourão
- Erika Brunelli
- Erika Neves Barbosa
- Estante Compartilhada
- Ester Nunes
- Evandro José Braga
- Evanilton Gonçalves Gois da Cruz
- Eveline Barros Malheiros
- Evillasio Villar
- Ewerton José de Medeiros Torres
- Fabiana Alves das Neves de Araújo
- Fabiana Bigaton Tonin
- Fabiana Cristina de Oliveira
- Fabiana de Souza Azevedo
- Fabiana Elicker
- Fabiano Costa Camilo
- Fabiele Cristina Santos Costa
- Fábio Alexandre Silva Bezerra
- Fabio Batista
- Fábio Mariano
- Fábio Sousa
- Fátima Luiza
- Fátima Pessoa
- Felipe Cuesta
- Felipe da Silva Mendonça
- Felipe de Lima Da Silva
- Felipe de Sousa Almeida
- Felipe Esrenko
- Felipe Junnot Vital Neri
- Felipe Pierro
- Felipe Rufino Pinto da Luz
- Fernanda Alves
- Fernanda Barbosa Neves Pinto
- Fernanda Costa
- Fernanda da Conceição Felizardo
- Fernanda Nogueira Gonçalves Lupo
- Fernanda Palo Prado
- Fernanda Savino
- Fernanda Silva de Moraes
- Fernanda Taveira
- Fernando Bueno da Fonseca Neto
- Fernando Cantelmo
- Fernando Cesar Tofoli Queiroz
- Fernando Crispim Ferreira
- Fernando de Azevedo Alves Brito
- Fernando José da Silva
- Fernando Luz
- Fernando Simões
- Flavia Furtado de Mendonça
- Flora Fernandes de Oliveira
- Francisco Alberto Menezes de Arru
- Francisco Alexsandro da Silva
- Francisco de Assis Rodrigues
- Francisco Arman Neto
- Fred Vidal Santos
- Gabi Freitas
- Gabriel Brum Perin
- Gabriel Cardoso Coutinho Vieira
- Gabriel Castori Barroso
- Gabriel da Matta
- Gabriel Dias
- Gabriel Pinheiro
- Gabriel Silva Marques Borges

Gabriel Silvério
Gabriel Trindade Silva
Gabriela Braune
Gabriela Castanhari de Lima Costa
Gabriela Costa Mayer
Gabriela Martins De Arruda
Gabriela Melo
Gabriela Moraes
Gabriela Salvarrey
Gabriely Ribeiro Mendonça
Geórgia Fernandes Vuotto Nievas
Georgia Schmitz
Geraldo Penna da Fonseca
Gerlan da Silva Menegusse
Germana Lúcia Batista De Almeida
Gerzianni Fontes
Geth Araújo
Gicarlos Oliveira Dourado
Gildeone dos Santos Oliveira
Giovana Pancheri
Giovania
Giovanna Fernanda Gregório
Giovanna Fiorito
Giovanni Orso
Gisela de Lamare de Paiva Coelho
Gisele Souza Neres
Gislane Amoroso Oberleitner
Gizele Ingrid Gadotti
Glaucia dos P. L. R. Alves
Graciela Foglia
Graziele Luques Wagner Oliveira
Guido Collino Neto

Guilherme Bacha de Almeida
Guilherme Fernandes de Melo
Guilherme Melo
Guilherme Onofre Alves
Guilherme Pinheiro
Guilherme Priori
Guilherme Silva
Guilherme Silva Rodrigues
Guilherme Stoll Toaldo
Guilherme Torres Costa
Gustavo Bueno
Gustavo Gomes Assunção
Gustavo Jansen de Souza Santos
Gustavo Maia
Gustavo Peixoto
Gustavo Stephani Pimenta
Gustavo Tozetti
Gustavo Yrihoshi Pereira
Hádassa Bonilha Duarte
Helder Lara Ferreira Filho
Helder Lima Leite
Helen Oliveira
Helena Bonilha de Toledo Leite
Helena Coutinho
Helena Jablonski Herson
Helena Kober
Helenilda Oliveira
Helton Lima
Heniane Passos Aleixo
Henrique Barbosa Justini
Henrique Carvalho Fontes do Amaral
Henrique de Oliveira Rezende

Henrique dos Santos
Henrique Fraga
Henrique Santiago
Herivelton Cruz Melo
Hítalo Tiago Nogueira de Almeida
Hitomy Andressa Koga
Hugo César Rocha de Paiva
Hugo Rodrigues Miranda
Iago Silva de Paula
Iara Franco Schiavi
Igor Aoki
Igor Macedo de Miranda
Igor Medeiros
Ilidiany Cruz Melo
Inaê Oliveira
Ines Saber
Inez Viana
Ingrit Tavares
Ioannis Papadopoulos
Isa Lima Mendes
Isa Northfleet
Isabel Lauretti
Isabela Cristina Agibert de Souza
Isabela Dantas
Isabela de Oliveira Lima Monteiro
Isabela dos Anjos Dirk
Isabela Flintz
Isabela Rodriguez Copola
Isabella Miquelanti Pereira
Isabella Noronha Silva
Isadora da Costa Soares
Italo Lennon Sales De Almeida

Itamar Torres Melo
Iuri Yudi Furukita Baptista
Ivandro Menezes
Iven Bianca da Cunha Carneiro
Izabel Cristina Ribeiro
Izabel Lima dos Santos
Izabel Maria Bezerra dos Santos
Izabela Batista Henriques
Izabela Brettas Baptista
Izabella Sepulveda
Jade Felicio Vidal
Jadson Martins de Carvalho Rocha
Jairo Barbosa dos Reis
Jalusa Endler de Sousa
James Cruz Santos
Jamilly Izabela de Brito Silva
Janaína de Souza Roberto
Janete Barcelos
Janiel Alves de Lima
Janine Bürger de Assis
Janine Pacheco Souza
Janine Soares de Oliveira
Janine Vieira Teixeira
Jean Ricardo Freitas
Jeferson Bocchio
Jelcy Rodrigues Correa Jr.
Jessé Santana de Menezes
Jéssica Caliman
Jéssica Jenniffer Carneiro de Arau
Jéssica Mantovani
Jéssica Santos
Jéssica Vaz de Mattos

Joabe Nunes
Joana Branco
Joana Garfunkel
João Alexandre Barradas
João André
João Felipe Furlaneti de Medeiros
João Fidélis Salles
João Lúcio Xavier
Joao Paulo de Campos Dorini
João Pedro Cavaleiro dos Reis Velloso
João Pedro Fahrion Nüske
João Vianêis Feitosa de Siqueira
Joaquim Marçal Ferreira de Andrade
Joelena de Brito Santos
Joeser Silva
Jonas Vinicius Albuquerque
Jorge Caldas de Oliveira Filho
José Antônio de Castro Cavalcanti
José Antonio Veras Júnior
José Carlos Barbosa Neto
José de Arimatéia dos Santos Amorim
José de Carvalho
Jose Flavio Bianchi
José Guilherme Pimentel Balestrero
José Henrique Lopes
José Lucas Santos Carvalho
José Mailson de Sousa
Jose Paulo da Rocha Brito
Jose Roberto Almeida Feitosa
Joyce K. da Silva Oliveira
Juan da Mata
Júlia Minichelli
Julia Mont Alverne Martins
Julia Salazar Matos
Juliana Albers
Juliana Baeta
Juliana de Castro Sabadell
Juliana Gonçalves Pereira
Juliana Lima Damasceno
Juliana Maria Ascoli
Juliana Marins de Oliveira Pereira
Juliana Nascimento Peres
Juliana Nasi
Juliana Ribeiro Alexandre
Juliana Salmont Fossa
Juliana Silveira
Juliana Soares Madeira
Juliane Garcia
Juliano Meira Santos
Juliano Roberto de Oliveira Lima
Júlio Cadó
Junia Botkowski
Kamila Moreira Bellei
Karina Aimi Okamoto
Karina Müller
Karina Pizeta Brilhadori
Karinna Julye Checchi
Karla Galdine de Souza Martins
Karyn Meyer
Katielly Santana Lúcio da Costa
Kevynyn Onesko
Lady Sybylla
Laila Pordeus de Oliveira
Lailah Pires Rodrigues

Laís Vitória Nascimento
Laise Pessoa da Silva
Landiele Chiamenti de Oliveira
Lara Almeida Mello
Lara Maria Arantes Marques Ferreira
Lara Niederauer Machado
Lara P. Teixeira
Lara Soares D'Aurea
Lara Vilela Vitarelli
Larissa Andrade
Larissa de Almeida Isquierdo
Larissa de Andrade Defendi
Larissa de Oliveira Pedra
Larissa Yamada
Laura Ferreira
Laura Hanauer
Laura Nicolela Giordano Leme
Layssa Souza
Leandro de Proença Lopes
Leandro Ramos Rodrigues
Leila Brito
Leila Cardoso
Leila Silva
Leíza Rosa
Leonardo Pires Nascimento
Leonardo Ribeiro Costa
Lethycia Santos Dias
Leticia Aguiar Cardoso Naves
Leticia Alves da Silva
Leticia Consalter
Letícia Ferreira
Letícia Figueira Franco
Letícia Garozi Fiuzo

Letícia Paiva Silveira
Leticia Santos Guilhon Albuquerque
Letícia Simões
Letycia Galhardi
Levi Gurgel Mota de Castro
Ligia Maciel Ferraz
Lilian Monteiro de Castro
Lilian Vieira Bitencourt
Lionete de Sá
Livia Escudeiro
Lívia Magalhães
Lívia Revorêdo
Livraria e Editora Levante Ltda
Lizia Barbosa Rocha
Lorenna Silva Arcanjo Soares
Loriza Lacerda de Almeida
Luana Hanaê Gabriel Homma
Luana Perro Deister Machado
Lucas
Lucas Bleicher
Lucas Carvalho de Freitas
Lucas de Jesus Santos
Lucas Josijuan
Lucas Lia
Lucas Lucena Favalli
Lucas Menezes Fonseca
Lucas Moraes
Lucas Perito
Lucas Silva Pires de Oliveira
Lucas Simonette
Lucas Sipioni Furtado de Medeiros
Lucas Teixeira
Lucas Yashima Tavares

Lucia Hansen Pacheco
Luciana Ferreira Gomes Silva
Luciana Figueiredo Prado
Luciana Harada
Luciana Lamblet Pereira
Luciana Maria Truzzi
Luciana Moraes
Luciana Morais
Luciana Ribeiro
Luciano Busato
Luciene Assoni Timbó de Souza
Ludmila Macedo Correa
Luis
Luís Henrique da Cunha Marinho
Luisa Bissoni de Souza
Luisa Muller
Luisa Müller Cardoso
Luísa Pinheiro de Sousa Feitosa Leitão
Luiz Antônio Correia de Medeiros Gusmão
Luiz Antonio Rocha
Luiz Felipe Dias de Souza
Luiz Guilherme de Oliveira Puga
Luiz Kitano
Luiz Pereira
Luíza Dias
Luiza Leaes Dorneles Rodrigues
Luiza Nunes Corrêa
Luiza Oliveira Tomanik
Luize Ribas
Lvpvs Voltolini
Lygia Beatriz Zagordi Ambrosio
Mabe Galvão
Maira Andrea Tanoue Batista
Maira Ferraz
Maíra Leal Corrêa
Mallani Maia
Marcal Justen Neto
Marcela Güther
Marcella Farias Chaves
Marcelle de Saboya Ravanelli
Marcelle Machado Leitão
Marcelle Marinho Costa de Assis
Marcelle Soares
Marcelo Bueno Catelan
Marcelo Gabriel da Silva
Marcelo Mendes Rosa
Marcelo Rufino Bonder
Marcelo Scrideli
Marcia A. Beraldo
Márcia Bohrer Mentz
Marcia de Sousa Gomes
Marcia Goulart Martins
Marcia Koch Rodrigues
Marcia Regina Dias
Márcia Zanon
Márcio da Silva Barros
Marcio Jose Pedroso
Márcio Paulo Veloso Ferreira
Marco Aurélio Bastos de Macedo
Marco Medeiros
Marco Polo Portella
Marco Severo
Marco Túlio de Melo Vieira
Marconi Soares de Moura
Marcos Bezerra Nunes
Marcos Germano

Marcus Vinicius de Souza Dionizio
Marcus Vinícius Nascimento Reis
Margiani de Paula Fortes
Mari Fátima Lannes Ribeiro
Maria Angélica P. de O. Bouzada
Maria Antonieta Rigueira Leal Gurgel
Maria Aparecida Cunha Oliveira
Maria Augusta di Muzio
Maria Beatriz Perrone Kasznar
Maria Cecília Carneiro Fumaneri
Maria Celina Monteiro Gordilho
Maria Clara Nunes
Maria Cristina Machry Verza
Maria Cristina Vignoli Rodrigues de Moraes
Maria da Consolação Viana
Maria Darlene Nogueira Gonçalves
Maria de Nazare Teixeira Goes
Maria do Rosário da Silva
Maria Eduarda Mesquita
Maria Eduarda Souza de Medeiros
María Elena Morán Atencio
Maria Elenice Costa Lima Lacerda
Maria Elisa Noronha de Sá
Maria Fernanda Ceccon Vomero
Maria Fernanda Oliveira
Maria Góes
Maria Helena Mendes Nocetti
Maria Irene Brasil
Maria Kos Pinheiro de Andrade
Maria Martins
Maria Paula Villela Coelho
Maria Santos
Maria Tereza Camino Boaz

Mariana Andrade
Mariana Barreto
Mariana Dal Chico
Mariana de Moura Coelho
Mariana de Petribú Araujo
Mariana Freitas
Mariana Hetti Gomes
Mariana Knorst Maciel
Mariana Martins
Mariana Moro Bassaco
Mariana Rosell
Mariana Velloso
Marianne Maciel de Almeida
Marianne Teixeira
Marina
Marina de Freitas
Marina Dieguez de Moraes
Marina Fraga Duarte
Marina Franco Mendonca
Marina Landherr
Marina Lazarotto de Andrade
Marina Tarabay
Maríndia Brites
Marise Correia
Marjorie Sommer
Marriete Morgado
Mateus Cogo Araújo
Mateus Egidio
Matheus Cruz da Silva
Matheus de França Chagas
Matheus Goulart
Matheus Lolli Pazeto
Matheus Sanches

Matheus Silveira
Mauricio Micoski
Mauro Bessa
Mauro Cristiano Morais
Mayandson Gomes de Melo
Mellory Ferraz Carrero
Melly Fatima Goes Sena
Meriam Lazaro
Michele Rasche
Micheli Andrea Lamb
Micheline Ferreira
Michelle Medeiros
Michelle Miranda Lopes
Michelle Rehder
Miguel Gualano de Godoy
Milena Batalha
Mirella Maria Pistilli
Miriam Borges Moura
Miriam Paula Dos Santos
Mirian Lipovetsky
Miro Wagner
Monica Carvalho Pereira
Mônica Geraldine Moreira
Monica Teodoro de Moura
Mônica Viana de Souza
Monick Miranda Tavares
Moniege Almeida
Morgana Pinto Amaral
Murilo Martins Salomé
Murilo Sarabanda
Mylena Cortez Lomônaco
Myrna Suyanny Barreto
Naína Jéssica Carvalho Araújo

Nalu Aline
Nanci de Almeida Sampaio
Nanci Lemos
Nara Oliveira
Natália Alves dos Santos
Natalia Struziato Aredes
Natália Trindade de Sousa
Natalya Oliveira Coelho
Natasha Karenina
Natasha Lobo
Natasha Mourão
Natasha Ribeiro Hennemann
Nathalia Costa Val Vieira
Nathália Fernandes G. Machado
Nathalia Lippo
Nathália Mendes
Nathalia Nogueira Maringolo
Nathalya Porciuncula Rocha
Nathane Chrystine Dovale Cunha
Nayara Suyanne Soares Costa
Nicalle Stopassoli
Nicolas Guedes
Niége Casarini Rafael
Nielson Saulo dos Santos Vilar
Nikolas Maciel Carneiro
Nilton Resende
Nina Araujo Melo Leal
Noriko e Mayumi
Norma Venancio Pires
Núbia Esther de Oliveira Miranda
Odacir Gotz
Odinei Alexandre
Opmichelli Opmichelli

Orlando Nunes de Amorim
Orlando Rafael Prado
Osvaldo S. Oliveira
Otavio Turcatti
Pacheco Pacheco
Paloma Soares Lago
Pamela Cristina Bianchi
Pâmella Arruda Oliveira
Pamina Brognara
Paola Borba Mariz de Oliveira
Patricia Rudi
Pattrick Pinheiro
Paula Franco
Paula Mayumi Isewaki
Paula Rutzen
Paulo Berti
Paulo Henrique de Souza Rosa
Paulo Lannes
Paulo Olivera
Paulo Sergio Muller
Pedro B. Rudge Furtado
Pedro Carvalho e Silva
Pedro Cavalcanti Arraes
Pedro Couto
Pedro Fernandes de Oliveira Neto
Pedro Figueiredo
Pedro Figueredo Durão
Pedro Gabriel Neves de Aquino
Pedro Henrique Gomes
Pedro Henrique Lopes Araújo
Pedro Henrique Müller
Pedro Marques
Pedro N. P. L. E. Esanto

Pedro Pacifico
Pedro Ricardo Viviani da Silva
Pedro Sander
Pedro Torres
Poliane dos Passos Almeida
Pompéia Carvalho
Pricilla Ribeiro da Costa
Priscila Couto Ilha
Priscila Kichler Pacheco
Priscila Miraz de Freitas Grecco
Priscila Sintia Donini
Priscila Six
Prosas e algo mais - Fran Borges
Queniel de Souza Andre
Rafael Bassi
Rafael Gurgel
Rafael Icassatti
Rafael José Oliveira Ofemann
Rafael Müller
Rafael Padial
Rafael Phelippe
Rafael S.
Rafael Theodor Teodoro
Rafaela Altran
Rafaela de Melo Rolemberg
Rafaela Gil Ribeiro
Rafaela Junqueira de Oliveira
Rafaela Montefusco
Rafaella A. F. Bettamio
Raimundo Neto
Raissa Barbosa
Ramilli de Araújo Pegado
Raphael da Silva Santos

Raphael Demoliner Schizzi
Raphael Frederico Acioli Moreira da Silva
Raphael Peixoto de Paula Marques
Raphael Scheffer Khalil
Raphael Seabra
Raphael Vicario
Raphaela Vidotti Ruggia Vieira
Raquel Mattos Gonçalves da Costa
Raquel Nogueira R. Falcão
Raquel Silva Maciel
Raul Frota
Rayanne Pereira Oliveira
Rebeca Silva dos Reis
Regina Kfuri
Renan Keller
Renan Kenji Sales Hayashi
Renata Aloise
Renata Bossle
Renata Oliveira Silva
Renata Sanches
René Duarte
Ricardo Alexandre de Omena Rodrigues
Ricardo Braga Brito
Ricardo Fernandes
Ricardo Munemassa Kayo
Ricardo Rodrigues
Rickson Augusto
Roberson Guimaraes
Roberta de Sousa Santos
Roberta Fagundes Carvalho
Roberta Lima Santos
Robson Barros
Rochester Oliveira Araújo
Rodrigo de Azevedo Bortoli
Rodrigo Facchinello Zago Ferreira
Rodrigo Leandro Dalla Mutta de Menezes
Rodrigo Mutuca
Rodrigo Novaes
Rodrigo Pereira
Rodrigo Rocha
Rodrigo Rudi de Souza Gutierres
Rodrigo Souza
Rodrigo Ungaretti Tavares
Rodrigo Valente
Rogério Mendes
Rogerio Menezes de Moraes
Rogerio Santana Freitas
Romulo Cabral de Sá
Romulo Valle Salvino
Roney Vargas Barata
Rosa Juliana Costa
Rosana Vinguenbah Ferreira
Ruben Maciel Franklin
Rui Cruz
Sabrina Barros Ximenes
Sabrina Jacques
Samantha da Silva Brasil
Samir Eid Pessanha
Samuel Joaquim Rezende Lima
Samuely Laurentino
Sandra Rúbia
Sanndy Victória Freitas Franklin Silva
Sergio Klar Velazquez
Sergio Luis Mascarenhas
Serivaldo Carlos de Araujo
Sheila Jacob

Sheila Shirlei Zegarrundo Arcaya
Silvana S. Lima
Silvia Massimini Felix
Silvia Naschenveng
Simone da Silva Ribeiro Gomes
Simone de Oliveira Fraga
Simone Kneip de Sá
Simone Lima
Simone Marluce da Conceição Mendes
Sine Nomine Sbardellini
Sizue Itho
Solange Kusaba
Solon Jose Ramos Neto
Sonia Aparecida Speglich
Sophia Bianchi De Melo Cunha
Stefania Dallas G. B. Almeida
Stella Bruna Santo
Stephanie Lorraine Gomes Reis
Stephany Tiveron Guerra
Suelen Nogueira Costa
Suely Abreu de Magalhães Trindade
Sulaê Tainara Lopes
Suzana Cunha Lopes
Tadeu Meyer Martins
Taiane Santi Martins
Tânia Maria Florencio
Tania Ribeiro
Tania Toledo
Tati Frogel
Tatiana Bonini
Tatiana de Aquino Mascarenhas
Tatiana Junger
Teresa Azambuya

Tereza Cristina Santos Machado
Tereza Maciel Lyra
Tereza Raquel Pereira da Costa
Thainá Lorrane dos Santos Moraes
Thainá Trindade
Thaís Campolina Martins
Thaís Molica
Thais Sangali
Thais Terzi de Moura
Thaise Gonçalves Dias
Thales Veras Pereira de Matos Filho
Thamiris de Santana
Thenisson Santana Doria
Thiago Almicci
Thiago Augusto Moreira da Rosa
Thiago Barsalobres Bottaro
Thiago Camelo Barrocas
Thiago Cerqueira
Thiago de Oliveira Soares
Thiago de Souza Rodrigues
Thiago Ernesto Possiede da Silva
Thiago Lopez Pauzeiro
Thiago Rabelo Maia
Tiago Buttarello Lima
Tiago Mitsuo
Tiago Nogueira de Noronha
Uiny Manaia
Valesca Vedam
Valquiria Gonçalves
Vanessa Coimbra Da Costa
Vanessa França Simas
Vanessa Huenerwadel
Vanessa Malagó

Vanessa Menezes Duarte
Vanessa Panerari Rodrigues
Vanessa Pipinis
Vanessa Ramalho Martins Bettamio
Verônica Meira
Verônica Vedam
Victor Cruzeiro
Victor de Barros Rodrigues
Victor Gabriel Menegassi
Victor Hugo Siqueira
Victor Otávio Tenani
Victor Rui de Masi Teixeira
Victoria Bowman-Shaw
Victória Correia do Monte
Victoria Giroto
Victória Gomes Cirino
Vinicius Barboza
Vinicius Eleuterio Pulitano
Vinícius Hidemi Furucho
Vinicius Lazzaris Pedroso
Vinicius Lourenço Barbosa
Vinícius Ludwig Strack
Violeta Vaal Rodríguez
Vítor Domingues
Vitor Gambassi
Vitor Kenji de Souza Matsuo
Vitor Mamede
Vitor Yeung Casais E Silva
Vitória Benatti
Vivian Osmari Uhlmann
Viviane Monteiro Maroca
Viviane Poitevin Mélega Dias
Viviane Tavares Nascimento
Walter Alfredo Voigt Bach
Wandréa Marcinoni
Wanessa Cristina Ribeiro de Sousa
Wanessa Gabriela Rodrigues Ferreira
Wasislewska Ramos
Wellington Furtado Ramos
William Hidenare Arakawa
William Santana Damião
Willian Vanderlei Meira
Wilma Suely Ribeiro Reque
Yuri Miranda

Coleção Prosa Latino-americana

Originária do latim, a palavra *prosa* significa o discurso direto, livre por não ser sujeito à métricas e ritmos rígidos. Massaud Moisés a toma como a expressão de alguém que se dobra para fora de si e se interessa mais pelos outros "eus", pela realidade do mundo exterior. A *prosa* está no cotidiano, no rés do chão, nas vizinhas que conversam por cima do muro, nos parentes que plantam cadeiras nas calçadas para tomar ar fresco e ver a vida lá fora. Se ouvimos dois dedos de prosa, já sabemos que estamos em casa. Em "Las dos Américas", escrito em 1856, o poeta colombiano José María Torres Caicedo apresenta pela primeira vez a ideia de latino-americano ao falar de uma terra merecedora de futuro glorioso por conter "um povo que se proclama rei". Hoje o termo diz respeito a todo o território americano, exceto os Estados Unidos, abrangendo os 12 países da América do Sul, os 14 do Caribe, os 7 da América Central e 1 país da América do Norte. É a nossa casa. Dona de uma literatura rica pela diversidade, mas ainda com muitos títulos desconhecidos pelos leitores brasileiros, a prosa latino-americana vem composta pelos permanentes ideais de resistência, sendo possuidora de alto poder de contestação, dentro de uma realidade que insiste em isolá-la e esvaziá-la. Com esta coleção cumpre-se o objetivo de ampliar nosso acervo de literatura latino-americana, para corrermos e contemplarmos a casa por dentro, visitá-la em estâncias aconchegadas, de paredes sempre sempre bem revestidas.

1. **Dona Bárbara, de Rómulo Gallegos**
2. **O aniversário de Juan Ángel, de Mario Benedetti**

Copyright © 2021 Pinard
Copyright © 1971 Mario Benedetti
Copyright © **Fundación Mario Benedetti**
c/o Schavelzon Graham Agencia Literaria
www.schavelzongraham.com
Título original: *El cumpleaños de Juan Ángel*

Grafia atualizada segundo o Acordo Ortográfico da Língua Portuguesa de 1990, que entrou em vigor no Brasil em 2009

EDIÇÃO
Igor Miranda e Paulo Lannes
TRADUÇÃO
André Aires
POSFÁCIO E NOTAS
André Aires e Paulo Lannes
REVISÃO
Jéssica Mattos
PREPARAÇÃO
Paulo Lannes
COMUNICAÇÃO
Pedro Cunha
CAPA E PROJETO GRÁFICO
Luísa Zardo

DADOS INTERNACIONAIS DE CATALOGAÇÃO NA PUBLICAÇÃO (CIP)

Benedetti, Mario, 1920-2009
O aniversário de Juan Ángel / Mario Benedetti; tradução André Aires. — São Paulo, SP: Pinard, 2021
Título original: El cumpleaños de Juan Ángel.

ISBN: 978-65-995810-0-7

1. Poesia uruguaia I. Aires, André. II. Título.

CDD-U861

Catalogação na fonte:
Eliete Marques da Silva - Bibliotecária - CRB-8/9380

PINARD

contato@pinard.com.br
instagram - @pinard.livros

A DONA ILZA, DONA JUDITH E SEU AUGUSTO,
os avós que tiveram a vida interrompida pelo coronavírus,
mas que antes deixaram o valor de uma saudosa ancestralidade familiar.

@pinard.livros

Impresso em agosto de 2021, durante a pandemia do coronavírus. Neste momento, o número de mortos passa de 6 mil, no Uruguai, e de 570 mil, no Brasil.

Composto em
HK GOTHIC E DANTE

Impressão
GRÁFICA PALLOTTI

Papel
LUX CREAM 70g